도마 위의 여자

도마 위의 여자

지홍석 수필집

수필과비평사

생긴 대로 산다는 말이 적어도 내게는 해당되지 않는다. 그래서
인지 운명 같은 성과 이름을 얻었는지도 모른다. 태어나서 처음으로
항렬에 의해 지은 이름이 '광수'였다. 그러나 '빛처럼 빼어날 인물'은
도저히 못된다고 여겨졌는지 운명의 신이 태클을 걸었다. 며칠 동안
숨 쉬는 소리를 들려주지 않아 부모님이 노심초사한 것이다.

그래서 얻은 이름이 '홍석'이다. 일년생 식물 중에서 가장 크다는
피마자 '홍蓖'자에, 클 '석碩'자다. 성씨인 못 '지池'를 더해 지홍석이
다. 새 이름을 얻고부터 거짓말처럼 병을 앓지 않았다. 한자어의 부
수에 비밀이 숨어 있었던 것일까. 성년이 되어 일 년 중 60여 일 이
상을 물과 풀, 돌이 있는 산을 헤집고 다녔다. 그러다보니 직업이
되었고, 보고 느낀 것을 글과 사진으로 기록하다보니 신문사에 글과
사진을 연재하고 수필도 쓰게 되었다.

어느 글 하나 허투루 쓴 것은 없다. 글 중에는 다분히 실험적인

수필도 있다. 오늘 쓴 글들을 내일 다시 읽었을 때 부끄러워질 수 있다는 게 그나마 위안이다. 그만큼 노력한다는 반증으로 내 글쓰기가 여전히 진행 중임을 드러내기 때문이다.

부끄러운 글이라 주변 분들에게 누累가 될지도 모른다. 좀 더 나은 글을 쓸 수 있을 때 이끌어주고 가르쳐 준 모든 분들에게 영광을 돌리겠다. 그렇지만 부족한 글이나마 수필집으로 출간할 기회를 준 대구문화재단에는 진심으로 감사의 인사를 전한다.

2014년 4월
고향 우항리 연하마을을 다녀오며

■ 차례

5.
작품 평

1

도마 위의 여자

그래서 요즘 매일 수필이라는 도마에 눕는 연습을 한다.
그리고는 어떻게 죽느냐가 아닌
어떤 모습으로 태어날 것인가를 고민한다.
나는 주방장을 굳게 믿는다.
먹을 것이 못되거나 칼을 대는 것조차도 꺼려할
물고기라도 나를 명품으로 태어나게 해주리라고.

도마 위의 여자

       나른한 오후, 바다를 응시하는 그녀의 시선에 따분함이 묻어있다. 남편과 함께 횟집을 운영하던 그녀에게, 이제 바다는 더 이상 구원과 낭만의 대상이 아니다. 그때 바다를 등지고 오토바이를 탄 한 사내가 나타난다. 그는 칼솜씨가 귀신같은 자였다.

    주방장이 되어 도마에서 칼질을 하던 사내가 담배 한 대를 꼬나문다. 길게 내어뿜는 담배연기에 파란 하늘이 다가서고, 의식하면서 뒤돌아보는 눈에 상체를 숙인 채 식탁을 훔치는 그녀가 들어온다. 사내의 뜨거운 시선이 라운드 넥 티셔츠 안으로 스며들자 그녀의 풍만한 가슴이 움찔한다. 고개를 드는 여자, 사내와 눈이 마주치자

언짢은 듯 애써 눈길을 외면하며 옷을 여민다.

그녀의 남편이 활어차를 몰고 나간 날, 여자가 수조를 청소하며 활어를 양동이에 담고 있다. 그때 거칠게 문이 열리고 사내가 들어와 여자를 밀어붙인다. 수조에 넘어졌다 일어서는 여자의 흰 옷이 물에 젖어 투명해진다. 육감적인 몸매가 그대로 드러난다. 사십대의 나이라고는 믿어지지 않을 만큼 팽팽한 그녀의 가슴이 단단히 화가 나 있다.

"야! 너, 내가 촌년에다가 아줌마라 만만하게 보여?!"

여자가 사내를 향해 쏘아붙이자 남자가 멈칫한다. 순간의 침묵이 흐르고 간절한 눈빛으로 그녀를 바라보던 사내가 자조하듯 한마디를 던진다.

"근데 당신이 너무 아름다워요."

순간 여자의 눈빛이 흔들린다. 여자에게 내재되어 있던 뜨거운 욕구가 활화산처럼 분출한다. 뒤로 묶은 머리를 제 손으로 풀어헤치며 여자가 남자에게 해일처럼 달려든다.

"키스 해 줘!!"

입맞춤이 발화성이 되자 고혹에 침범당한 두 남녀의 몸이 서로를 끌어당기며 엉킨다. 격정의 몸부림이 한참이나 지속되더니 급기야 그들의 몸이 수조에서 대형 도마 위로 옮겨진다. 도마에 걸터앉는 여자, 사내가 숲 언저리에 깊숙이 얼굴을 묻자 여자의 몸이 화살대처럼 뒤로 젖혀진다. 옷이 한 꺼풀씩 벗겨질 때마다 여자의 얼굴에는 알 듯 모를 듯 경련과 희열이 교차되고, 뜨거운 숨소리에 귓가가 빨갛게 물들여지며 그녀는 여자로 다시 태어난다.

영화가 끝났지만 여운이 오래간다. 도마 위의 여자는, 대학교수인 여자 주인공이 연구목적으로 인터넷에서 만난 여자다. 위의 장면은 그 여인이 교수에게 자신의 사랑 체험을 고백하는 장면이다. 그런데 왜 전체적인 영화의 내용보다 그 장면만 자꾸 눈앞에 어리는지 참으로 모를 일이었다.

며칠이 지났다. 지인들과 술 약속이 있어 우연히 횟집에 들렀다. 그런데 좋은 횟감을 선택하고 흥정하기 위해서 수족관의 물고기를 살피던 중 유난히 눈에 들어오는 물고기 한 마리가 있었다. 수족관에 갇힌 지 오래되었는지 활기가 없고 비실비실한 도다리였다. 예전 같으면 어종에 관계없이 무조건 힘이 넘치고 싱싱한 활어를 골랐을 테지만 오늘은 왠지 그 도다리를 선택하고 싶었다.

날카로운 칼날에 도다리의 숨결이 끊어지자 주방장이 손질을 시작한다. 먼저 물에다 씻은 다음 뼈를 발라내고 껍질을 벗겨낸다. 그리고는 깨끗한 물에다 한 번 헹구고 마른 수건으로 횟감의 물기를 제거하더니, 회칼로 포를 뜨고 썰어서 접시에 담는다. 여인의 속살처럼 하얗고 부드러운 도다리회가 완성된다.

소수 한잔을 마시고 도다리회를 초장에 찍어 입안에 넣고 맛을 음미해본다. 조금 전에 생기를 잃고 다 죽어가던 도다리라고는 믿겨지지 않을 만큼 회가 쫄깃하고 입안에 착착 감긴다. 비로소 도다리가 죽어 도마에서 다시 맛있는 생선회로 새로 태어났음을 실감하는 순간이다.

　도다리회를 선택했던 건 영화 속의 선정적인 장면을 기억하기 위해서가 아니었다. 비록 영화라고는 하지만 도마 위의 여자가 선택한 행동이, 횟감이 되어가는 과정에서 죽은 활어보다도 더한 죽음으로 다가왔기 때문이었다. 여자의 생명은 아름다운 육체다. 그 몸에 도저히 회복될 수 없는 흉측한 상처를 스스로 낸다는 건 죽음과도 같다.

　처음에 여자는 남자에게 빠져 주위를 돌아볼 여유조차 없었지만, 시간이 흐를수록 부지런하고 착하기만 한 남편에게 너무 큰 죄를 짓는 것 같아 고민한다. 그래서 죽기로 결심하고 회칼로 자신의 양팔에다 위에서 아래로 깊고 길게 상처를 낸다. 회복된다고 해도 흉측한 흉터가 그대로 남을 수밖에 없는. 그리고는 자신이 이룬 모든 걸 포기하고 열다섯이나 어린 사내를 따라 나선다.

　활어수족관에는 활어들이 가득하다. 그중에는 아직도 싱싱한 활어들이 태반이 넘지만 그들이 언제까지 그 싱싱함을 유지할지는 미지수다. 언제 죽을지 모르고 한 치 앞을 내다볼 수 없는 그들의 운명이, 우리네 중년들의 모습과 참으로 비슷하지 않은가.

바다가 활어에게 드넓은 세상이듯이 우리 사는 세상도 바다와 같지 않은가. 먹고살기 위해서 가정과 직장에 얽매여 사는 우리들이나, 수족관에 갇힌 활어는 매한가지 신세다. 처음 편안함에 안주하는 게 똑같고 시간이 지날수록 힘을 쓰지 못하고 활기를 잃어가는 모습 또한 비슷하다.

그런데 어쩌랴. 죽어야만 새롭게 태어나는 것이 섭리라면 나 역시도 꼭 그렇게 되고 싶은 것을. 그래서 요즘 매일 수필이라는 도마에 눕는 연습을 한다. 그리고는 어떻게 죽느냐가 아닌 어떤 모습으로 태어날 것인가를 고민한다. 나는 주방장을 굳게 믿는다. 먹을 것이 못되거나 칼을 대는 것조차도 꺼려할 물고기라도 나를 명품으로 태어나게 해주리라고.

≪수필과비평≫, 2012. 11.

마드로스 털보

십 년이면 강산도 변한다는데 하물며 사람의 마음이야. 상대방에 대한 감사와 다짐도 위급한 상황 그때뿐, 지나고 나면 언제 그랬냐는 듯 쉬이 잊고 모른척하며 사는 게 보통의 우리들이다.

털보와의 인연이 벌써 16년이나 쌓였다. 그런데도 그는 아직도 한결같다. 명절은 물론이고 삼복에도 어김없이 찾아온다. 손에는 과일이나 술이 들려 있고 얼굴에는 웃음이 가득하다.

그의 걸음걸이는 약간 특이하다. 다른 사람이 눈치채지 못할 만큼 절름거린다. 산에서 받은 훈장이라고나 할까. 척추골절의 위기에서 벗어났을 뿐만 아니라 건강하게 살아 있기 때문이다. 그렇지만 그의 걸음을 보면 나는 아직도 가슴이 아리고 서늘해진다.

청명한식의 식목일을 맞아 온 산하가 붐빌 때였다. 충북 괴산의 칠보산 능선 앞쪽 건너편에서 "악!" 하는 비명소리가 들렸다. 동시에, 뒤쪽 바위 능선에서 바위가 구르는 듯 꿩음이 울렸다. 비명 소리가 먼저 들린 것은 등산객들이 건너편 바위 위에서 떨어지는 사람을 먼저 목격하고 고함을 지른 것이었다. 사고를 직감하고 무작정 소리가 난 곳으로 뛰어 내려갔다.

사십여 미터가 넘는 바위절벽 아래에 사람이 추락해 있었다. 경사진 암반 위에 떨어질듯 위험하게 겨우 얹혀 있었다. 창백한 얼굴에, 덥수룩한 검은 수염이 고슴도치 털처럼 빳빳하다. 다리는 부어올랐고 옷이 찢어질듯 팽창되어 있었다. 나를 바라보는 눈길에 애원이 가득하다. 그의 입술이 미미하게 떨리며 소리를 내고 있었다.

"살려주세요. 대장님."

등산객 한 분이 가까스로 119에 신고를 했다. 때마침 전국 산하에 크고 작은 산불이 많이 발생해 헬기가 뜨지 못한다고 한다. 촌각을 다투는 상황이었다. 사고가 난 지 2시간여 만에 괴산이 아닌 증평의 119대원들이 산으로 올라왔다. 구조가 시삭되었다. 들것에다 환자를 고정해 묶고 길이 없는 가파른 바윗길을 개척하며 내려갔다. 한 사람의 생명을 위해서 모두가 목숨을 건 사투를 벌이고 있었다. 마침내 쌍곡계곡 주변에 내려와 구급차를 만났다. 나도 모르게 뜨거운 눈물이 주르륵 쏟아졌다.

그러나 다시 길이 막혔다. 누가 구급차가 지나온 길에다 무쏘차량을 세워 놓았다. 차문은 잠겨 있고 마이크로 아무리 외쳐도 차주는 나타나지 않는다. 차 유리창을 돌로 부수고 차량을 옮기자는 의견도 있었지만 할 수 없이 십여 명의 장정들이 차의 앞쪽을 겨우 들면서 방향을 틀어 구급차가 겨우 빠져 나올 수 있었다.

청주에 있는 병원에 도착했다. 사진을 찍어보니 다행히 척추는 이상이 없었다. 기적이었다. 1차로 15미터를 추락했을 때 오른쪽 엉덩이뼈가 바위에 부딪혀 박살이 나면서 척추가 손상을 입지 않았고, 다시 굴러서 20여 미터를 2차로 추락했을 때는 왼쪽 발목이 먼저 닿아 발목뼈가 부러지는 바람에 척추가 무사했던 것이다.

대구가 연고지라 청주에서 수술을 받기가 어려웠다. 전신을 반 깁스를 하고 구급차로 대구 K 병원으로 옮겨 수술을 하기로 결정이 되었다. 서두르기로 치자면 구급차만 한 게 또 있을까. 그러다가 왜관의 고속도로 나들목에서 앞서가던 고속버스와 관광버스의 중간에 샌드위치처럼 끼이는 충돌사고를 내고 말았다. 응급조치되었던 환자가 뒤에서 앞으로 날아오고 하마터면 나의 두 다리도 절단될 뻔하였다. 영락없이 우리가 죽은 줄 알고 고속버스와 관광버스 승객들이 구경을 올 정도였다. 왜관 119에 다시 구조가 되었다. 그러니까 하루에 두 번이나 119에 신세를 진 것이다.

오 개월의 투병 끝에 그는 불굴의 투지로 완쾌가 되었다. 십여 년 전에는 결혼까지 해 벌써 학부모가 되었다. 망망대해의 바다를 주름잡던 마도로스에서 산사나이로 삶의 변화를 꿈꿨던 그는 그 사고

로 산을 예전처럼 좋아하지는 않는다.

얼마 전 초복 날이었다. 그는 어김없이 다녀갔다. 이번 주 일요일에 괴산 칠보산을 가는데 같이 가자고 했더니 그냥 싱긋이 웃기만 했다.

생각만 하여도 오금이 저리는 그 산을 수년 만에 다시 찾았다. 사고가 난 현장에는 사고의 악몽만 떠오를 뿐 흔적은 남아 있지 않았다. 그때 그가 다시 돌아 올 수 없는 길을 떠났다면 나는 여기에 올 수 있었을까. 금전적 문제뿐만이 아니고 아끼는 후배를 잃은 도의적인 책임에서라도 괴로운 나날을 보냈을 것이고, 지금의 내 생활이 온전하지 않았을지도 모른다.

그가 굴러 떨어진 곳을 건너편에서 바라보니 천 길 벼랑이 아득하다. 아름드리 적송이 청정하고 사이사이로 기암괴석이 수려하다. 며칠 전 그가 주고 간 수박을 간식으로 싸 와서 먹고 있으니 감회가 남다르다. 그는 삼천배를 마다하지 않을 정도의 지극한 불교신자였다. 그런 그가 동네 아줌마들도 쉽게 건넜던 그곳에서 왜 추락을 했을까? 운명인지 아니면 부처님이 잠시 돌아앉으신 건지 나 같은 속인이 알기는 어렵다.

사람은 누구나 위험에 노출되어 있다. 한 치 앞을 내다볼 수 없는 게 인생일 것이다. 의지와는 상관없이 출신도 성분도 종교도 따지지 않고 다가오는 게 운명이다.

삶이 때로는 가혹한 시련으로 휘청거릴 수도 있으리라. 그러나 견딜 수 있을 만큼만 주는 것이 시련일 수도 있다고 믿는다.

그와의 인연이 강산도 변한다는 십 년을 훌쩍 넘겼지만 아직도 자신의 생명을 구해주었다고 고마워한다. 살아 있음에 감사하며 절기마다 찾아주는 털보를 보며, 마도로스 털보가 이제 그 악몽의 기억을 모두 잊고 진정한 산사나이가 되기를 기다린다. 칠보산 위에 흘러가는 구름이 오늘은 왠지 여유롭게만 느껴진다.

≪수필과비평≫, 2010. 12.

방전된 남자

늦은 가을이라 그런지 점포 안이 왠지 춥고 쓸쓸하다. 난방 기구라고는 구석진 자리에 꺼져있는 연탄난로가 전부다. 돈이 있어도 새 옷 하나 사 입지 않고 기름때가 묻은 작업복으로 출퇴근을 겸하는 그다. 삼 층짜리 건물에 자동차를 굴릴 만한 여유가 있는데도 겨우 굴러가는 스쿠터 오토바이로 부속을 사다 나르기도 하고 영업을 한다.

그의 얼굴에 핏기가 없다. 자동차의 배터리와 보통 '제너레다'라고 하는 알터네이터를 점검하는 그의 손이 떨린다. 그는 무슨 말 못할 사정으로 10년 전 전처와 이혼을 했고, 얼마 전에 새 여자와 살림을 차렸었다. 그런데 왜 저리 손이 떨리는 것일까. 묻지도 않았는데 그가 먼저 이야기를 꺼낸다.

"휴우! 세상에 그렇게 무서운 여자 처음 봤습니다."

불과 두 달 전까지도 입에 침이 마르도록 자랑했던 새 동거녀가 아니었던가. 부리부리한 눈에다 밤톨처럼 짧은 머리, 특공부대 출신인 그가 무섭다는 표현을 쓰고 있다.

그에게 봄날이 찾아온 건 몇 달 전이었다. 가끔씩 차를 고치러 오던 목사라는 분이 아까운 사람이라며 한 여자를 소개했던 것이다. 첫 만남부터 그는 여자에게 빠져들었다. 대부분의 여자들이 그의 외모와 옷차림, 돈벌이와 경제적 여력을 먼저 따졌지만 그녀는 달랐다. 그의 이야기를 진심으로 들어주고 같이 안타까워해주었다. 거기다가 얼굴도 무척 예쁘고 나이도 그보다 여섯 살이나 어렸다.

그녀는 보증금 천만 원에 월세 이십만 원으로 생활하고 있었다. 둘은 몇 차례 데이트 후 급속도로 가까워졌다. 서로의 집을 오가며 그동안 적적했던 마음과 몸을 위로하는 사이가 되었다. '이왕 결혼할 거 왜 쓸데없이 따로 월세를 주고 생활하느냐.'는 주변의 권고에 따라 그들은 바로 동거에 들어갔다.

한 달이 찰나처럼 지났다. 그러던 어느 날 생각지도 못했던 이상한 일이 일어나기 시작했다. 아침에 욕실에 들어간 그녀가 나오지를 않더니, 대문 밖에서 사이렌이 울리고 경찰이 들이닥쳤다.

"신고받고 나왔습니다. 112 긴급 출동입니다!"

그때까지 열리지 않던 욕실 문이 열리며 그녀가 뛰쳐나왔다.

"제발 살려주세요! 저 사람이 사정없이 폭행하고 드라이버로 찔렀어요!"

그녀가 그를 지목했다. 그녀의 머리와 얼굴에 피가 흥건했고 한 손에는 피 묻은 드라이버가 들려 있었다. 간단한 조사 후 경찰이 돌아갔다. 처음 신고였고 부부간에 일어난 가정폭력이란 이유에서였다. 그리고 그녀가 처벌을 원치 않아서였다.

그날 이후 그에게 악몽 같은 일이 시작되었다. 그녀가 매일 술을 마시는가 하면 밤늦게 들어왔다. 집을 말없이 나가거나, 나가면 며칠이나 들어오지 않을 때도 있었다. 그도 처음에는 무슨 말 못할 고민이 있겠거니 하고 이해를 했지만 날이 갈수록 그 정도가 심해졌다.

보름 전이었을까. 전날 아침 집을 나간 그녀가 만취한 상태로 새벽에 신발을 신은 채로 거실을 거쳐 안방으로 들어왔다.

"당신 도대체 무엇 때문에 이러는데?"

그가 부축을 하자 다짜고짜 그녀가 그의 따귀를 후려쳤다. 너무 화가 나서 그녀를 밀치자 그녀는 실 끊어진 연처럼 날아가 신발장에 처박혀버렸다. 그리고는 그녀 스스로 몇 번 더 신발장에 처박히더니 자신의 뺨을 사정없이 때리는 것이었다.

어김없이 112가 출동했고 그가 폭행죄로 경찰서에 연행되었다. 피투성이가 된 그녀는 경찰서에서 서럽게 울부짖고 있었다. 그는 짐승보다 못한 인간이 되어 조서를 꾸미게 되었다. 그때 그곳에서 그를 유심히 지켜보는 사람이 있었다. 바로 그의 고향친구였다. 강력계 형사인 그의 친구가 자초지종을 듣더니 수긍은 가지만 증거가 없다고 했다. 법은 피해자 위주라, 심증만 가지고 가해자가 아닌 피해자를 신상조회할 수는 없다는 것이다.

한 참을 고민하던 친구가 말했다. 자신을 믿고 며칠 동안만 집에 들어가지 말고 바람을 쐬라는 것이다. 그리고 5일 후 친구에게서 연락이 왔다. 여자가 고소를 취하했으니 어서 빨리 집으로 가보란다. 집안에 들어서니 왠지 설렁했다. 그녀가 사서 가지고 왔던 장롱과 화장품 등 그녀의 모든 물건이 사라지고 없었다.

그녀와 목사는 자해 공갈을 전문으로 하는 사기범들이었다. 처음부터 그들은 그의 재산을 노리고 치밀하게 접근을 했다. 동거를 시작해 살림을 차리자 본격적으로 그 마각을 드러냈다. 그녀는 욕실에 들어가 거울을 걸었던 못에다 자해를 한 다음, 피가 흐르자 가지고 들어간 드라이버에다 묻히고 112에 신고를 한 것이다. 그리고 경찰이 출동하자 욕실 문을 열고 나왔던 것이다. 매일 술을 마시거나 새벽에 술에 취해 신발을 신고 방에 들어간 것도 그의 화를 유발하기 위해서였다.

만약 그의 친구가 그녀를 신상조회하지 않았더라면 그는 전 재산을 날렸을지도 모른다. 그들 또한 자신들의 죄가 발각되지 않았더라면 고소를 취하하고 쫓기듯이 짐을 챙겨 달아났겠는가.

그가 이야기를 마치고 다시 자동차 배터리와 알터네이터를 살핀다. 배터리가 방전되었는데, 배터리 수명이 다되었거나 알터네이터에 이상이 있다는 것이다. 알다시피 자동차는 배터리가 방전되면 시동이 걸리지 않는다. 그리고 알터네이터는 자동차의 발전기로 엔진의 크랭크축과 연결되어 엔진이 회전 중일 때 항시 배터리를 충전시키고 수명이 오래가도록 만들어 주는 부품이다. 내 차는 그렇게 배터리를 교체하거나 알터네이터를 고치면 될 일이다.

내가 보기에 그는 이제 고물 같은 배터리다. 언제 자신에게서마저 버려질지 모른다. 그렇지 않으려면 알터네이터의 도움을 어서 빨리 받아야하는데 그에게는 아내가 있는 가정이 알터네이터다. 보기 좋은 떡이 먹기도 좋다고 한다. 알뜰한 것도 좋지만 제 자신에게 좀 더 투자하고 가꾸어 겉멋이라도 드러내야 좋은 배필을 만날 확률이 많아지지 않을까.

십 년째 작업장 뒷면에 손세탁해 걸어놓은 기름 묻은 장갑과 작업복이, 현재 그의 모습 같다. 내 고물차의 배터리보다 더 빨리 방전되거나 수명이 다할까 걱정이다. 오늘 그의 손이 유난히 더 떨리고 있다.

≪계간 문장≫, 2012. 12.

오늘 잡은 소

운전대를 잡고 네거리에서 신호를 기다린다. 시외에 업무가 있어 다녀오기 위해서다. 음악 소리가 유난해서 고개를 돌려보니 식육점 하나가 눈에 들어온다. '오늘 잡은 소'라는 간판이 걸려있고 가게 앞에는 사람의 몸에 황소머리를 한 커다란 인형이 춤을 추고 있다.

실소가 터진다. 느릿한 춤동작이 우스꽝스럽기도 하지만 소의 입장에서 그 상황을 헤아려보니 춤출 일이 아닌 것 같아서다. '오늘 잡은 소'라면 소가 오늘 죽었다는 의미일 터, 소가 신이 나서 춤을 추고 있다는 게 참으로 씁쓸해서다. 하긴 세상을 살다보면 그러한 일들이 어디 그것뿐이겠는가.

몇 개월 전이다. 수필작가의 모임에서 합평회가 열렸다. 처음부터 완벽한 작품이란 없어서 그런지 칭찬보다는 지적이 많았다. 앞서 네 분이 토론 작품에 대한 평이 있었지만 내가 생각한 부분이 제대로 언급되지 않았다. 부자연스런 문장을 몇 군데 말하고 자리에 앉았지만 기분이 영 찜찜했다. 후회는 되었지만 등단한 작가들이라 열린 마음으로 이해해 주리라 믿었다.

두 달이 지나 다시 모임이 있었다. 그런데 그날은 왠지 참석하고 싶지가 않았다. 사근사근한 성격도 아닌데다 뭔가 알 수 없는 이상한 느낌이 들어서였다. 아니나 다를까. 모임의 결과가 '공지란'에 게시 되었다. "지난번의 합평은 너무 사소한 부분까지 작가의 감정을 배려 않고 비평해 합평에 회의론이 일었다."는 내용이었다. 난상토론 끝에 "등단작가로 나름대로 기본을 갖춘 만큼 너무 지엽적인 것보다 전체적인 구성이나 큰 줄기만 잡는 선에서 조언해 주는 것이 바람직하다."고 결론을 내었다는 것이다.

'지엽'이라니. 솔직히 실망스러웠다. 수필에 있어서 단어, 문장, 단락 등 어느 것 하나 중요하지 않는 게 있을까. 작가는 등단하는 순간부터 프로라, 어떠한 실수도 변명되지 않는 게 글쓰기다. 그렇기에 전체적인 주제와 구성도 중요하지만 부호나 낱말 어느 것 하나라도 정확히 그 용도와 뜻을 알고 바로 써야 하지 않을까.

아차! 싶었다. 순수한 열정만 믿고 나섰다가 괜히 미운 털이 박힌 건 아닌지 뒤돌아보게 되었다. 게시판에 글을 올렸다. "합평회 때

나의 느낌을 개진했을 뿐, 작가가 글을 잘못 썼다고는 생각지 않는
다."고. "어릴 때부터 웅변을 배워 어감이 부드럽지 못해 본의 아니
게 의도가 잘못 전해져 오해를 불러 일으켜 송구하다."고. 그러나
다른 한편으로는 합평회는 완벽한 작품을 과시하는 발표회가 아니
라 토론을 거쳐 미처 생각하지 못한 부족한 부분을 채우고 더 좋은
작품을 쓰기 위한 과정이라는 생각이 떠나지 않았다. 글은 글로써
평가될 뿐인 것이다.

　등단한 지 5년째다. 등단햇수가 쌓여 가는지 문인들로부터 작품
집이 집으로 배달되는 횟수도 많아졌다. 그중에는 처음 작품집을
낸 무명의 작가도 있지만, 사회적인 명망이나 널리 알려진 작가들도
있다. 기쁜 마음으로 책을 읽어 내려가다가 실망한 적이 한두 번이

아니다. 단어와 문장, 문장의 호응과 단락의 개념조차도 제대로 되지 않은 작품이 눈에 띄기 때문이다.

나는 아직 내 작품집이 없다. 그래서 첫 작품집이나 새로운 작품집을 낼 때의 심정을 잘 알지를 못한다. 그러나 기분을 알 수는 있을 것도 같다. 너무 기뻐서 춤이라도 덩실덩실 추고 싶지 않을까. 금전적 여유가 있다면 명망가나 은사를 초청해 출판 기념회도 열고 가까운 지인이나 문인들에게 자기의 작품집을 우송하기도 할 것이다.

그런데 보낸 책의 내용이 기대했던 것보다 너무 부실하면 어떨까. 인쇄된 책은 교정할 수도 지울 수도 없다. 차라리 보내지 않았으면 모를까. 괜히 돈 들여 자신의 부족함을 홍보하고 춤을 춘 격이 될 수도 있는 것이다.

빵! 빵! 자동차 경적이 요란하다. 신호가 바뀌었는데도 출발하지 않는 나에게 보내는 뒤차의 경고음이다. 앞에 있던 자동차는 벌써 백여 미터를 앞서나갔다. 급히 가속 페달을 밟으며 미안한 마음을 표현하지만, 마음과는 달리 덩치가 큰 자동차라 소리만 요란하다. 그때 갑자기 뒤 승용차가 옆으로 튕겨져 나온다. 그리고는 차 앞을 막을 듯 멈칫거리며 주행을 방해한다. 늦게 출발했다고 시위하는 몸짓이다.

고속도로에 진입하니 차량들이 경주하듯이 달린다. 그중에 유난히 아래위로 흔들리는 버스 한 대가 눈에 들어온다. 차안에는 남녀가 무리지어 뒤엉켜 춤을 추고 있다. 단속이 심하고 범칙금이 상향되었다지만 그 행위가 완전히 사라지기는 어려운 모양이다. 시속 백여 킬로가 넘는 고속도로에서 안전벨트를 풀고 춤을 춘다는 건 자살에 가깝다. 잠시의 쾌락을 위해 생명과 맞바꾸려는 게 참으로 아이러니다.

나이 오십을 넘겼지만 나는 아직도 진행 중이다. 등단은 했지만 부족한 것이 많아 여기저기 글 마당을 쫓아다니며 배움에 열중한다. 그리고 매주 주말이면 전국의 산을 찾아다니며 건강도 다지고 소재도 발굴한다. 그러나 차내에서 가무를 즐기지는 않는다.

자동차의 속도를 줄인다. 성급함을 내려놓기 위해서다. 제대로 된 작품집을 언제 낼 수나 있을지 기약조차 어렵지만, 열심히 노력하면 언젠가는 좋은 글을 쓸 수도 있지 않을까. 식육점 앞에서 춤을 추는 우공牛公도, 달리는 관광버스 안에서 춤을 추는 우공愚公도 결코 되지는 말아야 되겠다.

불편한 진실

이른 아침에 핸드폰 소리에 잠을 깬다. 아파트 지하주차장에 차가 막혀있으니 빼달라는 것이다. 밤늦게 귀가했던지라 차량을 주차할 공간이 없었다. 아파트를 몇 바퀴 돌아다니다 결국은 가주차를 해 놓은 탓이다. 사이드주차브레이크를 당겨놓지 않아 차량을 앞뒤로 밀고 나갈 수노 있겠지만 차가 무거운 승합차라 힘에 부쳤나보다. 여자의 힘으로 다소 무리일 수도 있다.

발을 동동 구르는 여자, 아마도 출근시간이 촉박한 모양이다. 키를 꽂고 예열등에 불이 들어왔다 꺼지는 걸 확인하고 엔진에 시동을 건다. 그러나 금방 출발할 수는 없다. 경유차는 엔진이 정상궤도에 오를 때까지 최소한 일 분 이상의 시간이 필요하다. 여자의 따가운 시선이 얼굴에 박힌다. 아침 일찍 깨웠다고 마치 내가 시위하는 것처럼 보였을 수도 있다.

그러나 그건 오해다. 경유차를 운전해보지 않는 사람은 모른다. 시동을 걸고 금방 출발할 수 있는 휘발유차에 비해 경유차는 엔진오일의 응고점이 풀릴 때까지 기다려야 한다. 자칫 엔진이 가열되기도 전에 출발하면 과부하가 걸려 차량의 수명이 떨어지거나 엔진이 망가질 수도 있다.

어제 저녁에 중학교 때 남녀동창생 모임이 있었다. 술잔을 기울이다보니 자연스레 친구들의 근황에 대해 이야기를 나누게 되었고 얼마 전에 이혼풍파를 겪은 한 여자 동기생이 화제에 올랐다. 그녀의 남편이 동기생 몰래 바람을 피웠는데 딴 여자와 살림을 차렸다는 것이다.

그녀는 남편과 함께 축산업을 경영한다고 한다. 외국에서 육류를 수입해 도매로 납품을 하거나 가공을 해 판매를 하는 일이다. 부부가 편리에 의해 각자 일을 분담했는데 그녀는 가공을 하고 거래처를 관리하는 일을 맡았다. 그리고 남편은 납품과 배달을 맡았는데 전국으로 거래처를 넓히다 보니 장거리 출장이 많았고 가끔씩은 외박도 필요해서다.

사업이 잘되어 그녀의 일이 점점 불어났다. 제대로 씻지도 못하고 잠을 자는 일이 허다했다. 그와 더불어 남편의 출장횟수도 많아졌고 부득이 외박도 잦아지게 되었다. 그러던 중 거래처에서부터 이상한 소문이 돌기 시작했다. 그녀의 남편이 어떤 여자와 매우 가깝게 지내고 살림까지 차렸다는 것이었다.

반신반의하던 그녀는 남편의 뒷조사에 들어갔고 소문은 사실로 판명이 되었다. 그녀의 실망은 매우 컸다. 자식을 둘이나 두고 바람을 피운 것도 모자라 자신과 이혼하겠다고 약속까지 했다는 것이다. 그런데 그런 그녀의 자존심에 더 큰 상처를 입힌 건 다른 데에 있었다. 남편의 바람상대가 자신보다 더 어리거나 예쁜 줄 알았는데 훨씬 더 못생긴데다가 뚱뚱하기까지 하더라는 것이다. 거기다가 나이도 그녀보다 두 살이나 더 많았다.

얘기를 마친 여자 동기생들이 약속이나 한 듯이 한마디씩 해댔다. 사랑하는 자식과 마누라를 두고 그녀의 남편은 왜 바람을 피웠냐는 것이다. 질문이 다소 황당하기는 했지만 남편의 입장에서 생각해보니 충분히 그럴 만도 하더라는 것이다. 그것은 내가 남자여서가 아니다. 부부간의 외도문제는 어느 한쪽의 일방적인 잘못은 절대 없기 때문이기도 했다.

'어느 누구에게는 오래된 여자이고 남자지만, 다른 사람에게는 새로운 여자이고 남자다.'라는 말이 생각났다. 그 말에 불편한 진실이 숨어 있었던 것은 아닐까. 드라마나 영화, 희극 프로에서 보면 아내가 샤워를 하거나 잠자리를 요구하면 남편은 짐짓 자는 척 하거나 피곤한 척 외면하는 장면이 더러 있다. 다소 코믹한 설정도 없진 않겠지만, 그건 남편이 아내를 사랑하지 않아서가 아니라 다른 이유가 있다는 것을 여자들은 잘 알지 못한다.

　서로를 너무 많이 알게 된다는 건 편할 수도 있지만 오히려 불편할 수도 있다. 그러나 남녀 간에는 편안함보다 설레는 마음이 먼저다. 그래야 몸이 예열이 되어 상대를 받아들일 준비가 되는 것이다. 마치 경유차가 엔진이 정상 궤도에 오르고 오일의 응고점이 풀려야 출발할 수 있는 이치와 같다. 그러나 오래된 부부간에는 그 다음 행위까지도 짐작하게 되어 밋밋해져 버리는 것이 문제다.

　그녀의 남편이 바람을 피우고 다른 여자와 살림까지 차린 건 분명히 잘못이다. 그러나 그 원인을 먼저 제공한 것은 그녀 자신일 수도 있다. 육류를 가공하는 일이라 부스러기가 날아 머리카락 속으로 스며들고 온몸에 고기냄새가 뱄을 수도 있다. 지치고 힘이 든다는 핑계로 청결하게 몸을 유지하지 않았고 남편을 받아들이지 않았을 수도 있다. 살을 맞대고 사는데 아내의 몸과 머리에서 좋지 않은 냄새가 났을 수도 있지 않는가.

호감과 관심이 있는 새로운 이성에게 묘한 흥분을 느끼는 것은 남녀 공히 비슷하다. 그렇지만 남자는 신체학적으로 기다리는 것에 매우 약하다. 짧은 대화와 바라보는 눈빛만으로도 금방 몸이 반응해 받아들일 준비가 되는 여자를 선호한다. 사랑의 행위가 이뤄지기까지, 아내에 비해 애인이나 기타 이성은 몇 배나 더 빨리 반응한다는 것을 남자들은 대부분 안다.

지금도 길거리에는 휘발유치기 즐비하다. 발화성이 강해 시동만 걸면 언제든 출발이 가능하다. 날렵한 맵시에 쭉 빠진 차체가 늘씬하고 힘찬 모델들을 연상케 해 시선을 끈다. 바람을 피우거나 외도를 꿈꾸는 남자들이 입버릇처럼 떠드는 말이 있다. '자가용도 좋지만 가끔씩은 영업용 택시를 이용하는 것도 좋다.'라고. 남자들이 자신들의 외도를 합리화하기 위해 하는 말이겠지만 거기에 불편한 진실이 숨어 있는 건 아닐까.

그러나 남자들이여, 간과하지 말아야 할 것이 있다. 그것은 남자에게만 국한되는 것이 아니라 여자들에게도 해당된다는 사실이다. 그렇게 볼 때 결혼한 유부남 유부녀들에게 경유차는 단점보다 장점으로 어필 될 수도 있다. 출발이 다소 느린 것이 흠이지만, 매우 경제적이고 영구적이라는 사실도 있다.

월간 ≪문학세계≫, 2013. 6.

그녀는 아직도 예쁘다

　　예전에는 미처 알지 못했다. 나의 이름 자에 운명 같은 인연이 숨겨져 있다는 것을. 아직도 매주 한번쯤은 물을 건너고, 초원을 가로지르고, 바위 길을 오르내린다. 피할 수 없는 인연의 안배가 내내 이어지고 있는 것이다.

　　며칠 전 모 평생교육원에서 수필개강식이 있었다. 주강교수가 '여러분의 수업을 도와줄 분이 있다.'고 나를 단상 앞으로 불러내었다. 여러분을 만나서 반갑다고 인사를 하자 누군가 직업이 뭐냐고 물었다. 조금 색다르게 나 자신을 어필하고 싶었다. 칠판에다 한문으로 이름 석 자를 적었다.

"池荭碩(지홍석). 성이 '못 池(지)'라 세상에 태어나면서 물(氵)을 얻었습니다. 이름 첫 자가 '피마자 荭(홍)'이니 풀(艹)을 얻었고, 끝 자가 '클 碩(석)'이라 돌(石)을 얻은 셈입니다. 물이 있는 계곡과 풀이 있는 산 능선과 초원, 돌과 바위가 있는 곳이 산밖에 없으니, 산을 오르는 것이 직업이 되었습니다."

평소의 나답지 않게 너스레를 떨었다.

자리로 돌아오니 모처럼 내 이름을 그렇게 풀어내어서인지 지나온 세월이 되살아났다. 조금은 억지스럽지만 내가 이름대로 살고 있다는 생각이 들었다. 인연이란 참으로 묘하다는 생각도 들었다. 이름자 덕분인지 산을 만날 수 있었고, 그 산 때문에 내 인생에 전환점이 된 좋은 사람을 만날 수 있었으니 말이다. 그리고 또 그 인연 때문에 수필이란 문학을 만났다면 그 인연이 어디 보통 인연이겠는가.

2007년 3월경이다. 일요일의 이른 새벽, 그날도 예외 없이 등산을 떠나는 날

이었다. 마지막 출발지점인 '성서 홈플러스' 앞에서 예약자들을 태우고 차가 출발하려는데, 중년의 신사가 전단지 한 묶음을 차 앞 데스크에 놓아준다. 휴지통에 버리려다가 언뜻 보니 'ㅇ대학 평생교육원 수필창작과정 수강생모집'이라 쓰여 있었다. 내 눈이 번쩍 뜨이는 것 같았다. 가슴속에 잠자고 있던 소망 같은 게 꿈틀거렸다. 그러나 이내 눌러 버렸다. 먹고 살기도 빠듯한데 글이라니. 언감생심 꿈도 꾸지 말아야 될 것을 욕심낸 것처럼 마음이 불편했다.

"왜! 공부하고 싶나? 그러면 등록하지. 수강료는 내가 대신 내어줄게!"

농담처럼 던지는 말에 고개를 돌려보니 내가 운영하는 산악회의 총무였다. 그녀는 한 살 연상으로 십 년 전 거제도 계룡산에서 회원으로 처음 만났다. 눈치가 빠르고 대인관계가 좋아 산악회 총무까지 맡게 되었다. 고민까지 털어놓을 정도로 가깝게 지내던 터였다.

그러나 개강식 날, 선뜻 문을 열고 들어가기가 힘들었다. 겉으로는 활달해 보이지만 소심한 에이형이라 낯을 많이 가리기 때문이다. 시작이 반이라지 않는가. 수강료를 선뜻 내어준 그녀를 생각해서라도 대충 할 수는 없었다. 나름 기를 쓰고 수업은 빼먹지 않았다. 우여곡절 끝에 수필로 등단을 하게 되었다.

등단은 했지만 늘 그녀에게 빚을 진 것 같았다. 나를 수필로 이끈 그녀를 그냥 두고 싶지 않았다. 오랫동안 그녀와 이야기를 나누면서 문학적인 재능을 눈치챌 수 있었기 때문이다. 어떡하든지 같은 길을 걷고 싶었다. 억지로 수필창작과정에 등록하게 하고 공부를 하게 하였다. 내가 알고 있는 것들을 이야기하고 토론하면서 일 년을 같이 매달렸다. 그러다 그녀도 마침내 '한국수필'로 등단을 하였다.

인연이 인연을 낳는다고 한다. 그것이 사람이든 문학이든 계속 이어지는 것이다. 수필 안에서도 수많은 인연들을 만나면서 때로는 속상하고 후회하기도 했지만 '구미수필'은 내게 있어 최고의 인연으로 기억될 것임은 틀림없다. 선생님을 만나 제대로 된 수필을 사사받을 수 있었으니 말이다. 제법 쓰는 줄 알았던 글에서 티끌을 골라낼 수 있게 되었고 형편없는 글이란 걸 깨닫게 해주었다.

"뚜 뚜."

오늘도 수화기속에서는 불편한 신호음이 계속 흘러나오고 있다. 벌써 몇 시간째다. 굳이 통화를 하려면 휴대폰으로 연결해도 되겠지만 이내 수화기를 놓고 만다. 일반 전화로 긴 통화를 하고 있는 걸 알면서 방해하고 싶지가 않아서다.

요즘 그녀는 바쁘다. 혼기가 찬 딸아이를 시집보내려고, 산을 다니고 수필을 쓰려고 바쁘다. 그동안 뜸했던 친구들도 찾아내서 만나고 동기회 모임에도 열심이다. 풀고 싶은 회포가 얼마나 많을까. 오십이 넘었다지만 그녀는 아직도 예쁘다. 혹시 내가 그녀를, 영원히 내 인연의 틀 속에 오래 가둬두려는 것은 아닐까. 바쁜 그녀를 보면서 씁쓸한 기분이 드니 말이다.

휴대폰

어둑한 땅거미가 내려앉자 사람들이 하나둘씩 일어나 밖으로 사라진다. 그때 그녀의 확답이 떨어진다. 이 시간 이후의 일정은 무조건 맡기고 따르겠단다. 차량으로 십여 분, 으슥한 골목 안으로 들어서자 낯익은 간판이 눈에 들어온다. 문을 열고 안으로 들어서자 낯이 익은 주인이 환대한다. 파스타를 좋아한다는 그녀, 그러나 오늘은 가오리찜이다.

자리에 앉고 보니 아까부터 손이 자꾸 허전하다. 그제야 휴대폰이 없어진 걸 확인한다. 내색하지 않고 밖으로 나와 자동차 안을 살펴보아도 보이지 않는다. 그제야 그녀에게 상황을 설명하고 그녀의 휴대폰으로 번호를 누른다. 신호가 가는데도 받지를 않는다. 마음을 진정하고 어차피 바꿀 휴대폰이었다고 애써 최면을 걸어본다.

주문한 찜이 나와 휴대폰 찾는 걸 포기하고 저녁식사를 시작한다. 기분이 찜찜했으나 얼큰한 찜이 입안에 들어가니 마음이 조금씩 누그러진다. 이럴 때는 술이 최고다. 잘 취하지 않는 특이한 체질임을 부각시키며 그녀의 동의를 얻어 소주 한 병을 시킨다. 좋은 사람과의 저녁식사, 휴대폰만 잃지 않았다면 분위기가 훨씬 더 좋았을 텐데 아쉽기만 하다.

취하지 않을 만큼의 술을 반주 삼아 식사를 끝냈는데도 아직 초저녁이다. 고물휴대폰이라 아까울 건 없지만, 사업상 입력된 전화번호가 많아 미련이 남는 건 어쩔 수 없다. 몇 번 더 신호를 보내보다가 아예 바람도 쐴 겸 조금 전 들렀던 카페로 휴대폰을 찾아 나선다. 우리가 앉았던 자리에 아무도 앉지 않아 휴대폰을 못 보았을지도 모른다고 위안하면서.

오늘 그녀를 만났던 건 오후나절이다. 생각과 글이 통해 가끔씩 인사를 나누는 사이였지만 그녀에게 커피 한잔을 제의한 것은 처음이었다. 짧은 미니스커트와 세련된 코트가 멀리서도 그녀의 매력이 돋보인다. 그녀를 차에 태우자 미끈한 각선미에 눈이 잠시 흔들린다. 애써 태연을 가장하고 앞산순환도로로 방향을 잡았다. 아침나절에 잠시 내렸던 눈이 앞산의 나뭇가지에 흔적을 남겼고, 2월의 밋밋한 햇살이 애무하듯 산자락을 더듬고 있었다.

"지금 어디로 가는지 아시죠?"

"모르겠는데요!"

"선생님을 팔려고 합니다, 무섭지 않으세요?"

"그곳이 어딘지는 모르겠지만, 나로서는 영광이죠 뭐!"

차가 보훈병원을 지나 월변수변공원에 도착한다. 호수로 탈바꿈한 저수지에는 채 녹지 않은 얼음이 거대한 원탁처럼 물 위에 둥둥 떠 있다.

산책하듯 가볍게 공원길을 한 바퀴 빙 돌아 나오니 볼이 얼얼하다. 봄기운에 밀려날까 두려워 한 찬바람의 질시 때문이었으리라. 추위를 녹이고 마음을 따뜻하게 데워줄 커피 한잔이 필요해 1·2층이 커피숍인 카페에 들어갔다. 카운터에서 아메리카노와 에스프레소 커피 한잔씩을 주문했다.

주문이 밀려 커피가 나올 때까지 기다리려다 알림판을 들고 이층으로 올라가 자리를 잡는다. 때마침 호수가 바라보이는 전망 좋은 창가에 자리가 비어있었다. 투명한 유리탁자를 사이에 두고 그녀와 마주 앉는다. 흐르는 세월에도 휘둘리지 않은 그녀의 육감적인 몸매에 한 편의 영화와 여배우가 떠올랐다. 〈원초적 본능〉과 '샤론 스톤'이란 배우다. 코트를 벗어 그녀에게 건네려다 그만둔다. 괜히 나 혼자 오버한 마음이 들킬까 봐서다. 가슴에 파문이 일어서일까, 잔잔하게 흐르던 음악이 허공으로 흩어진다. 애써 마음을 다잡으려 주문한 커피를 가져오겠다며 자리에서 일어섰다.

차를 멈추고 카페의 창가를 올려다본다. 예상과 달리 사람이 가득 차 있다. 혹시나 하는 생각에 카운터에 물어보지만 휴대폰을 주운 사람이 없단다. 마지막으로 우리가 앉았던 창가에 가보니 젊은 사내 혼자서 스마트 폰을 들고 게임에 열중이다. 휴대폰을 못 보았느냐고 물으려다가 멈칫한다. 창틀 위에 내 휴대폰이 엎어져 있는 게 보인다.

잃어버린 휴대폰을 찾았다는 안도감도 잠시, 왠지 마음이 씁쓸하다. 시대에 뒤떨어진 휴대폰이라고는 하지만 외면받았다 생각하니 기분이 별로다. 그렇지만 누구를 탓할 수 있겠는가. 나 역시도 스마트폰에 주눅이 들어, 버스를 타고 가거나 식당에서 밥을 먹다가 휴대폰이 울리면 괜히 부끄러워하며 받기를 꺼려하지 않았던가.

특별한 이유를 제외하고는 요즘 대부분의 사람들은 4G인 스마트폰을 쓴다. 2G 또는 피처 폰으로 불리는 일반 폰은 한물간 휴대폰이라 관심을 두지도 훔쳐 가지도 않는다. 그러니 벨이 울려도 외면받는 것이 어쩌면 당연하다. 음악소리가 시끄러워 벨 소리가 들리지 않았을 거라고 변명하기에는 그 이유가 너무 군색하다.

신호 대기에 차가 멈추자 그녀를 바라본다. 환갑을 넘어 나보다 십여 년이나 연상인데도 그녀는 아직도 마음을 훔쳐갈 듯 매력적이다. 목덜미에 드러난 주름이 나이를 짐작게 하고, 사람의 인체 중 가장 늦게 노화가 오는 곳이 허벅지라고 해도 그녀의 매력이 반감되지는 않는다.

흘러가는 세월 속에 절대 비켜설 수 없는 건 사람이나 물건이나 마찬가지다. 하루가 다르게 급박하게 변모하는 현실 속에 밀려난 2G 폰은 어쩌면 우리 5~60대 세대의 자화상인지도 모른다. 지금은 중심에서 밀려나 외면받고 있지만, 한때는 가장 중추적인 세력이었고 매력적인 상품으로 변화의 아이콘이 아니었던가.

그녀의 매력은 도대체 어디에서 뿜어져 나오는 걸까. 보조석 위에 놓아둔 휴대폰과 조수석에 앉은 그녀의 탄탄한 허벅지가 눈에 들어와 묘한 대조를 이룬다. 부러운 눈으로 그녀를 은근슬쩍 탐닉해본다. 나이에 관계없이 자신을 가꾸며 오늘도 열정적으로 살아가는 그녀의 당당함이 내심 부럽다.

운전에 방해가 되지 않고 신호에 차가 대기할 때마다 나의 곁눈질은 계속될지 모른다. 아마도 그녀가 내릴 때까지.

계간 ≪영남문학≫ 2013. 6.

털 없는 원숭이

데즈먼드 모리스(Desmond Morris)는 영국의 유명한 동물학자이며 저작가다. 수많은 저서를 남겼는데, 대표적인 것이 192종의 원숭이와 유인원을 다룬 책이다. 책의 제목은 '털 없는 원숭이', 1967년 출간되자마자 수많은 우여곡절을 겪었는데 기독교에서는 금서로 지정하고 판매 금지시키며 불태우기까지 했다.

그 후 번역되어 전 세계적인 베스트셀러가 되었다. 그가 책에서 언급한 털 없는 원숭이는 우리 인간이다. 가장 비범하고 놀라운 능력을 가졌지만 욕심이 끝이 없어 만족할 줄을 모른다고 한다. 그 대표적인 것 중의 하나가 생식기에 관한 것이다. 지구상의 영장류靈長

類 가운데서 가장 크지만, 고릴라가 더 크다고 주장하고 작다고 확대수술까지 한다는 것이다.

생식기를 흔히 사람들은 '고추'에 비유한다. 그런데 그것이 남자들에게는 상당히 민감하면서도 중요한 의미다. 상징적으로 드러나는 곳이 대중목욕탕, 거기에서는 크기에 따라 걸음걸이가 달라지기도 한다. 선천적이든 수술을 했든 크기가 크면 거만한 걸음걸이에 몸이 살짝 뒤로 젖혀진다. 왜소한 남자는 왠지 자신감이 없어 보이고 손으로 살짝 가리거나 걸음이 빠르며 상체를 숙이는 경향마저 있다.

내게도 고추에 얽힌 부끄러운 이야기가 하나 있다. 이십여 년 전 울릉도로 여행 겸 등산을 갔을 때의 일이다. 지금도 술이라면 어느 누구에게도 지지 않지만 예전엔 거의 두주불사斗酒不辭였다. 술고래란 별칭이 붙을 정도였고 웬만한 사람들과 대작해서 져본 적이 거의 없었다. 그 당시 울릉도에는 일주도로가 완성되지 않아 여행이 단순했다. 유람선을 타고 해상관광을 하거나 육로에서 버스를 타고 울릉도의 반을 돌아보는 것이 전부였다. 간혹 등산을 좋아하는 사람들은 성인봉을 오르기도 했다.

일정이 거의 2박3일이라 시산석 여유도 많아 술을 마시는 횟수도 많았다. 거기다가 파도가 높게 일면 육지로 돌아가는 배가 운행되지 않아 일주일이 넘을 때도 간혹 있었다. 밤새도록 술을 마시다가 잠든 어느 날, 창틀 위에 해가 떠오르고 밝은 햇살이 방 안에 쏟아져 들어왔다. 그런데 웬일인지 온몸이 자꾸 허전했다. 깜짝 놀라 깨어보니 방 한가운데에서 실오라기 하나 걸치지 않고 내가 누워 있었다. 전날 마신 소주에 함유된 다량의 칼로리, 즉 열량이 문제였다. 아무리 밤이라지만 여름철에 온몸에 열이 나니 견딜 수가 있는가. 내 자신도 모르게 자면서 옷을 하나씩 다 벗어 던졌던 것이다.

잠자리에서 일어난 사람들의 표정을 생각하면 지금도 얼굴이 화끈거린다. 자라목처럼 작은 고추를 달고 방 한가운데 큰 대자로 누워있는 모습을 상상해 보라, 얼마나 우스운가. 거기다가 다른 방에서 화장실을 가려면 반드시 우리 방 앞을 통과해야 되는데 그것 또한 문제였던 것이다.

무조건 크면 좋을 것 같던 고추도 주인을 잘 만나야 된다는 걸 얼마 전에 알았다. 상대방이 누구냐에 따라 달라질 수도 있다는 이야기다. 그 예를 적절하게 보여준 친구가 여자 M이다. 그녀는 나와는 격의 없이 온갖 이야기를 나눌 수 있는 친구로 잘생긴 외모에다가 날씬한 몸매, 적당한 크기의 가슴을 지녀 언제나 부러움의 대상이다. 그래서인지 그녀의 남편 또한 잘생긴 외모에 코가 유난히 커 주변의 부러움을 사곤 했다.

그런 그녀가 지금 이혼을 당할 위기에 놓였다. 수많은 남자들에게 퀸카로 인식되지만 정작 남편과의 사이가 그리 좋지 못했나 보다. 둘 사이에 남자 아이 셋을 두어 얼핏 행복해 보였는데 실상은 그것이 아니었던가 보다. 그런데 나중에 알고 보니 헤어지려는 이유가 조금은 뜻밖이었다. 부부간의 외도와 경제력이 아니라 그녀가 갖고 있는 사고력이 문제였다.

그녀는 언제나 냉철하고 객관적이다. 단 한 번도 분위기에 들떠 흥분하거나 감상에 젖어 있는 걸 본 적이 없다. 어떨 때는 그것이 지나쳐 마치 기계 같다는 느낌이 들 때도 있다. 그래서 이기적으로 비쳐지기도 한다. 그런 그녀의 사고思考는 지극히 단순하다. 누가 자기에게 잘하고 못하는지만 안다.

나이가 차면 결혼을 하고, 결혼을 했으니 아이가 생긴다고 생각한다. 아이가 생겼으니 키워야 된다고 생각하고 다른 보통의 엄마들처럼 내 아이를 좀 더 좋은 환경에서 원대한 꿈을 이루며 살아가기를 바라지도 않는다. 그런 그녀의 이야기를 처음 들었을 때는 무척 당황스러웠지만 여러 번 반복해서 듣다 보니 어느 정도 그녀의 말과 행동을 이해할 수가 있었다.

문제는 그 사고가 일상생활뿐 아니라 부부간의 애정행위, 즉 성에서도 적용이 된다는 것이다. 적어도 그녀에게는 남자의 고추 크기는 흥분과 만족의 대상이 아니라 단순히 크고 작음의 차이만 느낀다고 한다. 모든 남녀의 성기가 다 비슷하거나 같은 모양인데 왜 흥분하고 바람을 피우느냐는 것이다. 그런 그녀가 중년의 남자와 여자가 낭만적 사랑에 빠지는 영화 〈매디슨 카운티의 다리〉를 이해할 수 없는 것은 너무나 당연하다.

그녀의 성의식은 털 달린 원숭이에 가깝다. 원숭이를 포함한 동물들과 인간들의 차이는 몇 가지가 있지만 가장 대표적인 것이 성에 대한 인식이다. 동물들은 오로지 동족번식을 위해서만 짝짓기를 하지만 인간들은 아니다. 동족번식보다는 즐기기 위해서 주로 섹스를 한다. 동물들은 낮에 행위를 하고 오르가즘을 느끼지 못하지만, 인간들은 낮과 밤을 가리지 않고 오르가즘에 도달하기 위해 전력을 기울인다는 것이 동물들과 다르다.

　그러나 세상만사는 지극히 공평하다. 단점이 있다면 장점도 있는 법이다. 그녀가 다른 남자와 정분이 나 바람을 피우고 가정을 팽개칠 확률은 거의 없다는 것이다. 부질없는 욕망과 사랑에 빠져 털 없는 원숭이들은 부나방처럼 불속에 뛰어드는 우를 범하지만, 털 달린 원숭이와 동물들은 자신들이 만든 가정을 깨거나 낳은 새끼들을 팽개치는 일은 절대 없다고 한다.

버려진 껌

씹고 있는 껌이 용도가 다한 것일까. 처음엔 부드러웠지만 단물
이 다 빠졌는지 점점 딱딱해진다. 무심코 거리에다 뱉으려다가 주
춤한다. 왠지 버려지려는 껌이 먼 후일도 아닌 가까운 시일 내 우리
들 모습일지도 모른다는 생각이 든다. 씹던 껌은 종이에 쌌지만 휴
지통이 없어 버릴 곳조차 없는 현실이 조금은 답답하게 여겨진다.

어느 지자체에서 관내의 껌 딱지를 조사했다고 한다. 그랬더니
버려진 껌 딱지가 무려 1억 개가 넘었다고 한다. 그런데 그것을 다
제거하려니 엄청난 비용이 든다는 것이다. 약 백팔십억 원 가까이
돈이 들어 새로 사서 씹는 껌 금액의 몇백 배가 더 된다는 것이다.

아스팔트야 미관상 좋지 않으면 새로 포장을 하거나 폐기물로 걷어내면 그만이나 사람들이 많이 다니는 임도와 공공장소는 다르다고 한다. 약품을 뿌려 일일이 손으로 수거하거나 약품을 뿌려 제거해야 해 수많은 사람들이 동원된다는 것이다.

파란 하늘이 눈부시게 맑은 날이었다. TV에서나 본 것 같은 멋진 경치가 노파의 눈앞에 펼쳐졌다. 구름을 타고 하늘을 날았다던 손오공의 기분이 그러지 않았을까. 노파에게 세상은 역시 오래 살고 볼 일이라는 말이 저절로 실감났다. 그렇게 말썽을 부렸던 아들이 늙은 어미를 모시고 해외여행에 나설 줄이야. 동화 속 같은 호텔이 마치 궁궐 같아 볼이라도 꼬집고 싶은 밤이었다.

어제 같은 날이 다시 밝았다. 청명한 하늘이 오늘은 어떤 마술을 부릴지 노파는 너무 궁금했다. 구경할 게 너무 많다는 아들을 따라 호텔을 빠져 나왔을 때 하늘은 유난히 푸르렀다. 그런데 공원에 도착한 아들이 갑자기 정색을 했다.

"엄마, 여기 잠깐만 계세요. 호텔에 지갑을 두고 와 찾아올 테니 꼼짝 말고 기다리세요!"

한 시간 두 시간 세 시간, 시간은 그렇게 흘러갔다. 그러나 끝내 아들은 돌아오지 않았다. 먼 이국땅 말도 통하지 않는 낯선 곳에 노파는 버려졌고 아들은 그때 서울의 땅을 밟고 있었다.

외국에서 유기된 어느 할머니의 슬픈 이야기다. 언론의 먹잇감이 되어 대부분의 사람들에게 공분을 일으켰지만, 다른 한편으론 노파가 배운 것이 없고 어눌해 그런 일을 당했다고 여기는 분위기였다.

그러나 많이 배우고 똑똑한 부모들이라고 예외일까. 캐나다에서 일어난 어느 노부부의 이야기가 그것을 반증했다.

결혼을 해 이민을 떠났던 딸이 부모에게 전화를 했다. 남은 생을 편안히 모실 테니 재산을 팔아 캐나다로 들어오라고 종용한 것이다. 기력이 떨어지면 점점 외로워지고 누군가에게 의지하고 싶은 법, 하물며 자신들이 낳아 공부시키고 시집까지 보냈는데 어련하겠는가. 노부부는 모든 재산을 정리해 캐나다로 들어갔고 살갑게 맞아주는 딸을 보며 들어가길 잘했다고 생각을 했다.

그러나 딱 거기까지였다. 몇 번의 의견충돌이 있은 후 딸은 전 재산을 팔아 야밤에 도주를 했다. 졸지에 불법체류자가 되어버린 노부부는 망연자실했고, 그 충격으로 할머니는 병까지 얻었다. 할아버지는 치료비를 마련하려고 길거리에서 빈 깡통을 줍고 있었고 부모를 버린 딸자식은 끝끝내 부모를 외면했다.

그것과는 조금은 다른 황당한 일이 국내에서 일어났다. 삼남매가 지병으로 돌아가신 어머니를 병원 영안실에다 버리고 부조금을 챙기고 달아났다고 한다. 장례식장 측에서는 몇 번이나 자식들과 연락을 시도했지만 누구도 전화를 받지 않아 시신을 영안실에다 그대로 두고 있다는 것이었다.

세 가지 모두 늙고 병들거나 돌아가신 부모를 버린 사례들이다. 그런 일들이 부지기수로 일어나고 있지만 그것이 꼭 우리나라 뿐만은 아닌 모양이다. 유교적 성향이 강한 이웃나라에서도 마찬가지라고 한다. 오죽했으면 정부에서 자식이 부모를 바르게 모시지 않으면 부모가 법원에다 자식에게 부양비를 요구할 수 있도록 법률로 만들었을까. 불응하면 벌금이나 징역형까지 처하고, 돌보지 않고 소홀히 하지 못하도록 의무화까지 했다지만 그것이 언제까지 유지될지는 의문이다.

단물이 빠지면 버려지는 게 껌이다. 인정하는 게 쉽지 않지만 자식의 입장에서는 늙은 부모는 단물이 다 빠진 껌처럼 여겨질 수도 있다. 우리나라의 노령인구는 약 오백만 명, 해마다 자식들의 학대로 고통받는 사례가 삼천 건이 넘는다고 한다. 그중의 이십 프로가 자식들에게 버려지거나 방치되고 있다는 것이다. 그런데 한 가지 재미있는 것은 부모의 소득이 높을수록 자녀와 만나는 횟수가 많아지고 버려지지 않는다는 사실이다.

황혼이 내린 도심의 거리가 쓸쓸하다. 자동차의 불빛과 네온사인

이 내리비치는 도로의 바닥과 임도에는 검은 얼룩이 유난하다. 씹고 난 후 사람들이 무심코 버린 껌들이다. 그것을 바라보고 있자니 왜 가슴이 답답하고 미어터지는 것일까. 아마도 버려진 그 껌들이 미래의 우리들 모습 같아서인지도 모른다.

TV에서 대통령이 노인기초연금 공약을 지키지 않았다고 난리들이다. 65세 이상의 모든 노인들에게 월 20만 원을 지급하겠다던 공약이 수정되었다고 한다. 그러나 그것이 하위소득 칠십 프로 이상을 대상으로 차등 지급하는 방안으로 결정이 되었으며 내년부터 시행이 된다는 것이다. 그런데 문제는 거기서 끝나지 않는다. 막대한 재원이 들어가는데 2017년까지 40조 가까운 기금이 들어간다고 한다.

이래저래 인구는 줄고 부담해야 할 노인들은 점점 많아지는 세상이다. 나이가 든 사람을 공경하던 젊은 사람들의 눈초리도 예전 같지 않다. 늙어가는 것도 서러운데 젊은이들 눈치 보며 사는 세상이 되지 않을까 걱정이다. 나이가 들면 죽는 것은 당연한 순리지만 죽기 전까지의 삶을 어떻게 영위하느냐는 우리 모두의 문제인 것이다.

언제 버려질지도 모를 공포감에서 산다는 건 스트레스다. 돈이 없다면 세수를 누리는 그날까지 아프지 않고 건강히 살아야 되는 것이다. 죽는 날까지 산을 오를 수 있다면 얼마나 큰 복일까. 이른 아침부터 등산화 끈을 고쳐 매는 노인들이 많아지는 요즈음이다. 돈벌이가 되지 않아도, 이익을 많이 창출하진 못해도 안내산악회를 버리지 못하는 이유이기도 하다.

친구

　　오랜만에 Y에게 전화가 왔다. 마음이 울적하니 치킨이나 시켜놓고 사무실에서 소주나 한잔하잔다. 그는 고향이 같은 고교친구로 나와는 의기투합이 잘되는 둘도 없는 친구 중 한 명이다. 전산계통에 근무하다 얼마 전 그만두고 조그마한 중소건설업체에 이사로 재직 중이다.

　　요즈음 세상 돌아가는 모습을 보니 속에 천불이 나고 내장이 새까맣게 타들어 간다고 하소연한다. 그래서 오늘 차가운 소주라도 억지로 부어넣지 않으면 제 명대로 못 살 것 같으니 시간을 내어 대작을 좀 해 달란다.

그는 주변에 친구도 많이 따르고 잘생긴 외모에 언변이 좋아 누구나 호감을 가질 정도로 인기도 좋다. 현실보다는 어떻게 살아야 하고 어떻게 살아왔는지가 더 중요한 그런 친구이기도 했다. 그러나 현실은 녹록하지 않은 방정식이라 사회에서 알았던 지인에게 보증을 서 주었다가 큰 금전적 상처를 입고 난 후 얼굴에 미소가 사라진 지 오래되었다.

세상에 대한 원망으로 가끔씩 자괴감에 빠져 자학하기도 하고, 하루 두 갑의 담배와 한 병의 술은 기본으로 마신다. 마음의 흉허물을 터놓고 지나간 학창시절 에피소드와 추억들을 안주 삼아 이야기하다 보니, 한 잔의 술이 두 잔이 되고 빈 소주병은 어느새 네 개를 가볍게 넘겨 버린다.

속이 탄 심경을 토로한다. 꼼꼼하고 성실한 그의 인품을 믿고 지인 한 분이 억 단위가 넘는 공사를 맡겼었다. 그런데 회사의 대표자가 일을 할 여력과 중복되는 공사가 있어 그 일을 다른 업체에 조금의 이익을 남기고 공사건을 넘긴 것이다. 돈을 떠나 그 일은 회사와 친구를 위해서도 깔끔하게 공사를 완공해 신뢰와 명분을 쌓았어야 했다. 그런데 동업자가 눈앞의 작은 이익에 집착해 그 기회를 물거품으로 만들어 버린 것이다.

Y는 창졸간에 공사를 의뢰한 지인에게 믿지 못할 성의 없는 인물이 되어 버렸다. 사업을 의논하고 공존할 수 있는 파트너에서 장사꾼 내지 장사치로 격하되고 소인배로 전락되어 버린 것이다. 애써 쌓아올린 신용의 탑이 무너져 버렸으니 그 허망함을 달래는데 친구

와 술이 어찌 당기지 않았겠는가.

이야기를 들어주다 보니 친구는 많이 취했다. 2차를 가자는 애원 섞인 권유도 뿌리치고 억지로 대리운전자를 불러 목적지를 일러주고 차에 태워 보냈다. 괴롭고 힘이 들 때 나를 찾아준 친구가 고마웠다. 그러나 친구를 위해서 내가 아무것도 해줄 수 없음이 미안하고 슬프다. 대리운전기사에게 운전비조차 선뜻 내어놓지 못하고 잠시 망설여야 했던 나를 친구가 안다면 어떻게 받아들일까?

조선후기 실학자 유득공柳得恭이 생각난다. 그에게 하루 한 끼 멀건 죽 먹는 것도 어려워 굶는 것을 밥 먹듯이 하던 친구 이덕무가 있었다. 그러던 어느 추운 겨울날 이덕무는 어머니와 어린 자식들까지 밤새 기침에 시달려 도저히 견딜 재간이 없자 아끼고 아끼던 일곱 권으로 된 ≪맹자孟子≫ 한 질을 팔아 양식을 얻고는 몹시 괴로워한다.

그 일로 심란하고 우울해 이웃에 사는 유득공의 집에 찾아가 그 얘기를 하니, 유득공은 거침없이 책장에서 ≪좌씨춘추左氏春秋≫를 뽑아 아이를 시켜 술로 바꿔오게 하여 함께 마시고 취한다. 유득공역시 가난하고 책을 무지하게 아끼는 선비였으나, 몇 날 며칠 끼니를 굶는 식솔을 차마 보지 못하고 ≪맹자≫를 팔아 밥을 얻은 이덕무의 서글픔과 부끄러움을 알고는 그 아픔을 함께하고 부끄러움을 덜어주고 또 위로하고자 그리한 것이다.

술은 그가 다 마셨는데 취기는 내게 일어나 이제 몸을 가누기조차 어렵다. 내일모레 오십을 눈앞에 두고서 어떻게 사는 것이 잘사는 것인지 뒤돌아보게 된다. 아둔하게 현실감각에 뒤떨어져 돈 버는 것에 재주가 없는 내가 이제는 부끄럽다.

재주라고는 전국의 산천을 누비며 사람들을 안내하고 글이라도 몇 자 적을 수 있는 나를 친구는 부러워한다. 그러나 사회가 혼란스럽고 살기가 점점 더 어려워지는 현실에 부딪치고 보니 혹시 잘못살아 온 것이 아닐까. 심사가 편치 못하다.

늦은 시간에 귀가하니 편안하게 대해주는 아내가 친구 같고, 수필을 써야 하는데 결미부분이 풀리지 않는다고 도와 달라 말하는 딸아이가 문학을 하는 친구 같다. 세상을 살아가면서 세 사람의 진실한 친구를 사귀면 성공이라는데 혹시 내가 이만하면 잘 살아가고 있는 것은 아닐는지.

2

다산의 18, 그리고 나의

18이란 숫자를 연거푸 두 번이나 쓰고 나니
묘한 카타르시스가 가슴속을 후련하게 한다.
원하는 사이트가 열리자 벌써 누군가가
만덕산 자락의 백련사 동백꽃 사진을 올려놓았다.

다산의 18, 그리고 나의

남도의 고장 강진으로 테마 여행 겸 등산을 다녀
온 날이다. 심란해서인지 컴퓨터를 켠다. 늦은 밤인데도 불구하고
마음이 영 불편해서다. 그 이유는 정체된 고속도로에 있었다. 그러
나 강진은 봄이면 놓치고 싶지 않은 장소다. 거리가 멀다고는 하지
만 주작·덕룡·수인·만덕산 등 명산이 즐비하고 '다산초당'과 '백
련사 동백 숲'이 있어서다.

언제부턴지 내가 좋아하는 숫자가 하나 생겼다. 그러나 처음부터
마음에 들었던 것은 아니다. 어감이 좋지 않아 잘못 들으면 욕으로
들릴 수도 있어 입에 올리기가 조심스러워서다. 그러다 우연히 다

산 정약용의 성장과정과 자취, 문헌을 살피다보니 어느새 그 숫자가 저절로 입에 와 닿기 시작했다. 바로 '18'이란 숫자다.

다산이 '18'이라는 숫자와 처음 인연을 맺게 된 것은 '신유박해' 때다. 천주교 탄압을 빌미로 남인을 제거하기 위해 노론이 정치적 공격을 한 사건으로, 정약용은 그의 둘째 형 정약전, 셋째 형 정약종과 함께 연루가 된다. 그때 정약종은 천주교 신앙을 끝까지 버리지 않아 장형을 받다가 죽었고, 정약전과 정약용은 천주교 신자가 아니라는 점이 확인되어 겨우 사형에서 유배로 감형이 된다. 그해가 18세기 시작 연도인 1800년이었다.

그 후 정약용은 경상도 장기, 전라도 강진 등지로 유배를 떠났다. 그런데 그 기간이 장장 18년이다. 유배생활 대부분이 강진이었는데, 그 당시 백련사에는 학승으로 명망이 높았던 혜장선사가 있었다. 서로에게 끌리던 두 사람은 인간적, 학문적 교류를 하게 되었고, 다산은 만덕산 자락에 초당 보정산방寶丁山房을 짓고 기거를 했다. 그리고 그곳에서 《목민심서》, 《흠흠신서》 등 약 500여 권에 달하는 방대한 저서를 남겼다.

다산이 유배에서 풀려난 해가 공교롭게도 1818년이다. 선생이 풀려나자 그의 제자 18명은 스승의 생활을 돕기 위해 우리나라 최초의 계, 다신계茶信稧를 조직했다. 그 후 유배에서 풀려난 지 18년이 되던 1836년 음력 2월 22일, 다산은 마현리 자택에서 별세를 한다. 그렇게 보면 다산 정약용과 '18'이란 숫자는 참으로 대단한 인연이 되는 셈이다.

다산의 수많은 저서 중 ≪목민심서≫는 가장 으뜸이다. 현재에 와서도 공직자라면 누구나 한번쯤은 읽어야 할 기본서로 '모든 일처리에 있어 중심은 바로 백성으로, 백성의 눈높이에서 시작하여 백성의 마음을 읽고, 백성의 손과 발이 돼 행동하는 것을 지침으로 삼으라.'는 내용이다. 다산이 죽은 지 180여 년이 다 되어 가지만 아직도 후세에 귀감이 된다.

그런데 근래에 ≪목민심서≫의 내용과 배치되어 움직이는 공직 기관이 하나 있다. 세계로 나아가는 교통물류 건설, 국민을 섬기는 행정으로 국민이 신뢰할 수 있는 일류 부처가 되겠다는 부서다. 그러나 실상은 국민의 뜻과는 상이한 제도를 만들어 빈축을 사고 있다. 2011년 11월, '주말 고속도로 통행료 할증제'를 만들었다. 갈수록 혼잡이 심화되는 주말 고속도로의 원활한 소통을 위해, 토·일요일과 공휴일에 승용차와 16인승 이하 승합차, 2.5t 미만 화물차 등 1종 차량에 한해 통행요금의 5%를 할증 부과키로 한 것이다.

그 취지를 언뜻 살피면 에너지절약차원의 상당히 괜찮은 제도라고 여겨질 수도 있다. 그러나 조금만 생각하면 단순히 국민의 호주머니를 털게 할 목적으로 제정된 근시안적인 꼼수법안이라는 것을 알게 된다. 그것은 우리나라 국민들 대다수가 직장인으로, 주 5일 이상을 근무하고 봉급을 받아 생활하는 데에 기인한다. 그런 그들이 주말과 공휴일이 아니면, 언제 시간을 내어 부모님이나 지인들을 찾아뵙고 최소한의 여가생활을 즐길 수 있단 말인가.

주말과 공휴일에 고속도로가 막히는 것은 어쩌면 당연할 수도 있다. 그런데 그것을 빌미로 고속도로의 근본적인 체증을 해결하기보다 할증료라는 명목으로 국민들의 호주머니를 털 생각을 하다니. 이 제도가 처음 시행되자 톨게이트에서 각종 문제점이 발생되었다. 잔돈 때문에 지정체가 발생하고 전자카드와 현금 징수의 요금 차이가 제기된 것이다.

그러자 최고지도자가 국무회의에서 '주말 고속도로 통행료 인상' 등을 탁상행정이라고 지적했다고 한다. "통행료 할증 때문에 잔돈 준비하느라 시간이 더 걸려 오히려 국민들에게 불편을 주는 게 아니겠느냐?" "시행 전 여러 가지를 고려하고 시뮬레이션을 다양하게 준비해서 국민들에게 불편을 주지 말아야 한다."고 질타했다는 것이다.

그런데 그 기사를 읽었을 때 왜 나는 더 서글펐을까. 정작 '주말 고속도로 통행료 할증제'가 왜 문제가 되는지 그 진단조차 못하는 이 나라의 위정자들에게 대한 실망 때문이었다. '관견管見'과 '관중규표管中窺豹'로 국민을 바라보는 한, 국민들의 삶은 더 피폐해지고 가슴속에는 비애와 상실감으로 가득 찰 게 뻔해서다.

국회의원 선거가 끝나자 당선된 의원들에게 어떤 방향으로 국정을 이끌어나갔으면 좋겠느냐고 좌담이 벌어졌다. 그때 모 대학교 총장이, 국회 등원에 앞서 당선자들에게 공자의 ≪논어≫와 정약용의 ≪목민심서≫를 꼭 읽어 줄 것을 당부했다. 공직자들의 덕목으로, 국민 곁에서 마음의 상처를 치유하고 보듬어 줄 것을 국민의 입장에서 바라볼 것을 강조하기 위해서였다.

마음의 분노를 가라앉혀 볼 요량으로 인터넷을 시작한다. 포털사이트에 접속을 해 아이디(I.D)를 적고, 영문이니셜과 혼합된 비밀번호를 입력한다.

　"***1818"

　그리고는 분풀이 하듯이 엔터(Enter) 키를 친다. 세상을 향해 실컷 욕이라도 퍼붓고 싶었던 것일까. 18이란 숫자를 연거푸 두 번이나 쓰고 나니 묘한 카타르시스가 가슴속을 후련하게 한다. 원하는 사이트가 열리자 벌써 누군가가 만덕산 자락의 백련사 동백꽃 사진을 올려놓았다.

　다산초당 가는 길, 목이 잘려 떨어진 동백꽃들이 바닥에 흥건하다. 누구보다 백성을 사랑한 다산의 마음이 '누구보다 그대를 사랑합니다.'라는 동백꽃말이 되어 땅 위에 떨어진 것인지도 모른다.

≪수필과비평≫, 2013. 4.

설사

인과응보因果應報가 인간이 아닌 국가 간에도 통용
되는 것일까. 일본에 강력한 쓰나미가 밀려와 수십만의 인명피해와
막대한 경제적 손실이 나는 걸 확인하면서 일본의 과거를 떠올리게
되었다. 그것은 마치 일본이란 나라에 거대한 설사가 발생한 것처
럼 보였기 때문이다. 뚜렷한 전조와 예고도 없이 갑자기 밀어닥친
바닷물에 휴지조각처럼 찢어진 집들과 부서진 건물들의 잔해가 설
사의 부산물 같았다.

이십여 년도 더 지난 일이다. 태백산 설경을 보러가던 그날, 노루
재 오름길은 상황이 좋지 않았다. 그동안 쌓였던 눈에다 전날 밤에

또 폭설이 내려서다. 관광버스가 진땀을 흘리며 고개를 오를 때였다. 손님 한 분이 급하게 운전석 옆으로 뛰어나왔다.

"급해서 그러는데 차 좀 세워주면 안 될까요?"

위험한 도로에서 차를 세우라니 무척이나 당황스럽다. 그러나 차를 세울 수는 없다. 눈 내린 오름길이라 차량 간의 교행도 어렵고 자칫 관광버스가 뒤로 미끄러지기라도 한다면 대형사고로 이어질 게 뻔해서다. 그리고 한번 정차한 차량은 바퀴가 겉돌아 출발자체가 어려운 것도 문제였다.

"죄송합니다. 차를 세울 수가 없네요. 15분 정도면 고개를 넘어갑니다. 그때 세우겠습니다."

기사가 오히려 사정을 했다.

현동삼거리에 차가 정차하자 손님들이 앞다투어 내렸다. 모두들 인상을 찡그리고 있다. 남자 한 분이 바지를 움켜쥐었는데 얼굴이 백지장이다. 민망해서일까. 갈아입을 옷가지가 없어서일까. 그들 일행 네 분은 결국 현동에서 하차하고 말았다.

그날 이후로 산행을 떠날 때마다 비상약으로 지사제를 챙겼다. 라디오와 TV에 자주 선전이 나오던 '정로환'이었다. 세상에 이렇게 신기한 약이 있을까 싶었다. '설사! 스톱!!'이란 광고의 문구처럼 효능이 대단했다. '국민 지사제' 또는 '엄마손'에 비유될 만했다.

세월이 흐르면서 사람들의 위생관념이 철저해졌다. 정로환은 서서히 뇌리 속에서 조금씩 잊혀져갔다. 그러다가 몇 해 전 우연히 일본 여행에서 다시 정로환을 접하게 되었다. 그때서야 처음으로 정로환이 일본이 원조라는 것과, 약 이름에 무서운 비밀이 숨겨져 있다는 것을 알게 되었다.

1904년 2월8일, 일본 함대가 중국 뤼순旅順군항을 기습 공격함으로써 러일전쟁이 일어났다. 전쟁 초기 일본군은 러시아 본토에서 고전을 면치 못했다. 그 원인은 양국 간의 기온 차이로 인한 풍토병인 설사가 자주 발생했다. 일본 병사들이 싸우기도 전에 쓰러져 전의를 상실했던 것이다. 이에 일본국왕은 '배탈 설사를 멈추게 할 좋은 약을 만들라.'고 명령을 내렸고, 각 제약사들은 경쟁적으로 수천 가지의 약을 만들었다고 한다. 그중에서 '다이코 신약'에서 만든 약이 가장 뛰어났는데 바로 '정로환'이었다.

현재 정로환의 한자어는 正露丸(바를 正, 이슬 露, 약 丸)이다. 그런데 원래 정로환의 약 이름은 征露丸(정로환)이었다. 정복할 征, 이슬

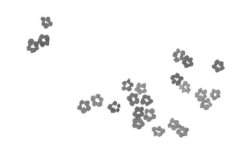

露, 약 丸. 약의 비밀은 첫 자인 '征(정)'과 두 번째 자 '露(로)'에 있었다. 그 당시 러시아를 한자어로 로서아(露西亞)로, 러시아 국민들을 낮잡아 '로스케'라 불렀다. 약 이름을 직역하면 '러시아를 정복하는 약'이 되는 것이다. 그리고 약을 상징하는 로고 또한 진군나팔 그림이었으니 일본의 국민성과 철저함을 알만하지 않겠는가.

전쟁에서 승리한 일본은 그 여세를 몰아 조선을 집어삼켰다. 경술국치다. 넓은 의미로 보자면 정로환은 일본으로 하여금 조선을 삼키게 만든 신비의 영약이었던 셈이다. 그것이 1960년대부터 우리 국민의 배탈설사 치료를 담당했다는 것도 참으로 아이러니다.

정로환이 우리의 손으로 만들어진 것은 1972년도 이후다. D제약이 일본에서 기술을 도입해 제조 판매를 한 것이다. 민족의 아픈 역사만큼이나 약은 논란이 많았다. 고유상표권 문제로 D제약과 B제약의 소송분쟁이 일어났고, 최근에는 '건강사회를 위한 약사회'가 정로환의 약효에 대해 재평가를 식약청에 요구하기에 이르렀다. 약의 주성분에 페놀계 화합물인 '크레오소토'가 들어있는 게 문제였다. 예전에는 살균제, 지사제 등의 의약품으로 사용했으나 근래에는 발암의심물질로 분류되었을 뿐 아니라 위장관 손상으로 심하면 죽을 수도 있다는 것이다.

미국의 역사학자 칼 베커(Carl Becker)는 "역사의 진정한 가치는 과학적인 것이 아니라 윤리적인 것에 있다. 따라서 역사는 하나의 윤리 과학인 것이다."라고 말했다. 그리고 또 영국의 아놀드 조셉 토인비(Arnold Joseph Toynbee)는 "윤리와 도덕의식을 갖지 못한 민족은 멸망한다."라고 했다. 어떤 논리와 근거에 의해 그렇게 주장했는지 모르겠지만 그 말이 틀렸다고는 생각지 않는다. 그렇다고 일본이 과거에 윤리적으로 열거할 수도 없을 정도로 많은 만행을 저질렀다고 해서 금방 멸망한다고도 믿지 않는다.

어떠한 것에 대해 철저한 목적과 의미를 부여하는 것은 좋다. 그러나 그 어떤 것이라도 특정한 국가나 집단의 이기주의가 아닌 인류전체의 이익에 우선 부합 되어야 하지 않을까. 우리나라는 반만년의 역사 동안 일본이란 나라를 늘 이웃처럼 지내왔지만 단 한 번도 도움을 받거나 위로받은 적이 없었다. 늘 조심하고 경계했지만 항상 당하면서 후회만 되풀이했던 것이다.

지금 일본이 원자력사고와 쓰나미로 조금 어렵다고 우리가 일본을 과소평가할 수 있을까. 거대한 자연에서 파생된 감당할 수 없는 국가적 설사라 해도, 그들은 언제든지 극복하고 멈추게 할 지사제를 개발할 민족이다. 섣부른 감상과 동정 때문에 일본에게 경계를 느슨하게 한다면 우린 백여 년 전의 그 일을 또다시 당할지도 모른다.

≪대구문학≫, 2013. 3 · 4월호

짐조 鴆鳥

잔혹한 한 장의 사진에 가슴이 아프다. 남아프리카의 크루거국립공원에서 밀렵꾼에게 뿔이 잘려나가 죽어 뒹구는 코뿔소의 사진이다. 전 세계에 있는 코뿔소의 숫자는 4천5백여 마리, 우리나라에는 겨우 여섯 마리가 있다고 한다.

그 사진을 보면서 갑자기 엉뚱한 생각을 하게 되었다. 살모사를 잡아먹고 사는 전설적인 새 짐조鴆鳥를 떠올리게 된 것이다. 한비자韓非子와 사기史記 등 중국 고대 문헌에도 등장하며 '짐새'라고도 불리는 새다. 새가 물을 마신 곳에서는 모든 벌레가 전멸한다고 하며 사약으로 쓰였다는 기록도 있다.

그런데 한 가지 재미있는 것이 있다. 그렇게 무서운 짐조에 비견될 만한 것이 세 가지나 더 있다는 것이다. 남령초南靈草와 소설騷說, 그리고 여자다. 남령초는 담배를 뜻하고, 소설은 떠들썩해서 시끄러운 소문을 말한다. 그런데 나머지 하나가 여자라는 게 참으로 놀랍기만 하다.

고등학교를 자퇴한 남학생이 싸늘한 죽음으로 발견되었다. 검정고시를 준비 중 과외 교습을 받던 미혼녀의 원룸에서다. 사인은 패혈증, 끓는 물을 뒤집어쓴 학생의 전신에는 3도 화상이 있었고, 죽은 뒤 사흘 동안이나 방치되었다가 신고가 된 사건이다.

신고자는 피해자와 동거하던 미혼녀였다. 범행은 자백했지만 성폭행을 피하기 위한 정당방위라고 주장했다. 촬영된 동영상을 증거로 내놓았지만 사건은 뒤집혔고 공범이 두 명이나 더 있었다. 죽은 남학생이 성폭행을 하려한 것처럼 꾸미려고 남학생의 옷을 벗기고 신고자의 친구가 촬영을 했다는 것이다.

모든 원인 제공자는 동영상을 촬영한 여자였다. 그녀는 사범대학을 졸업하고 고등학교에서 교생실습까지 마친 임용고시생이었다. 강릉의 한 고등학교에서 교생실습 중 피해자인 남학생과 사귀게 되었는데 남학생의 나이 겨우 16세, 그녀와는 열두 살이나 차이가 났다고 한다.

둘은 만난 지 2개월여 만에 연인관계로 발전했다. 그러다가 그녀는 대학을 졸업했고 고향인 인천으로 돌아가 버렸다. 문제는 그때부터였다. 자신을 사랑한다고 믿은 남학생이 자퇴를 해버린 것이다. 그녀는 전전긍긍했다. 자칫 남학생이 자신 때문에 자퇴했다고 소문이라도 낼까 봐 노심초사한 것이다.

그래서 생각해 낸 방법이 검정고시였다. 그녀는 자신의 계획을 실행하기 위해 고등학교 때부터 알고 지내던 신고자를 끌어들였다. 남학생을 올라오도록 한 다음 신고자의 원룸에서 동거를 시키며 검정고시를 준비하도록 만들었다. 그러나 시간이 흐를수록 검정고시가 압박으로 다가왔다. 합격시키지 못하면 집으로 돌려보내지 못한다는 상황이 사태를 악화시킨 것이다.

가혹한 체벌이 가해졌다. 처음에는 여자 둘이서 시작했지만 버거웠는지 그녀가 남자친구를 끌어들였다. 가죽벨트와 골프채가 동원되었다. 번갈아가며 지속적으로 피가 나도록 전신을 구타했다. 병원에 데려가 달라는 피해자의 호소도 무시되었고, 결국은 동거하던 신고자가 피해자의 몸에 끓는 물까지 붓고 구타하는 일이 벌어졌고 사흘 뒤 학생은 결국 숨지고 말았다.

인스턴트식 즉흥적 사랑이 몰고 온 비극이었다. 교생실습을 마친 그녀는 아무 일 없는 듯 일상으로 돌아갔고, 남학생에 대해서도 흥미를 잃었다고 한다. 그런 것도 모르고 정신적으로 미성숙한 학생은 운명적 사랑이라 받아들였고 충동적으로 자퇴를 실행한 것이 원인이었다.

충격적인 반전이 또 있었다. 뜨거운 물을 부어 직접적으로 살인을 저지른 신고자도 철저하게 그녀에게 속았다는 것이다. 한 번도 만난 적은 없지만 결혼을 약속한 남자친구 때문에 엄청난 스트레스에 시달렸다고 한다. 일 년 전 그녀에게 스마트폰으로 소개를 받아 문자를 주고받으며 사랑을 키워나갔는데 남학생이 검정고시에 합격 못하면 이상한 관계로 볼까봐 두려웠다는 것이다.

하지만 남자는 존재하지 않았다. 그녀가 남자행세를 하며 문자를 주고받으며 농락한 것이다. 그녀는 한 어린 남학생을 죽음으로 내몰았을 뿐 아니라 친구를 살인자로 만들었다. 거기다가 남자 친구마저 살인동조자로 만들었으니 참으로 짐조처럼 무서운 여자가 아닌가.

그렇지만 세상에 짐조 같은 여자가 어디 그녀뿐일까. 학교 소풍을 보내달라고 하는 여덟 살 딸아이의 갈비뼈가 16개가 부러지도록 때려 사망케 한 계모도 있고, 자식에게 강제로 소금을 먹이고 아이가 견디지 못해 토사를 하면 토사물을 먹인 후 주먹과 발로 구타해 숨지게 한 여자도 있었다. 그들은 이웃에게 멋진 엄마, 마음씨 고운 여자였지만 실상은 너무나 달랐다.

요즘 가장 상종가를 치고 있는 동물이

코뿔소다. TV 다큐멘터리에도 자주 등장하며 세계에서 가장 몸값이 비싸다고 한다. 뿔 하나에 삼천팔백오십만 원에서 삼억 원 정도에 팔린다고 하며 가장 비싸게 팔린 것은 칠억 칠천만 원이라고 한다. 코뿔소는 뿔이 두 개라 10억 원을 호가해 웬만한 집 몇 채와 맞먹는 가격인 셈이다. 각종 암 치료제와 정력제로 상한가를 치고 있지만 예전엔 전혀 다른 용도로 쓰였다고 한다. 고대 황제나 제후들이 짐주鴆酒의 독살에서 벗어나기 위해 코뿔소의 뿔을 이용했다는 것이다.

짐주란, 짐조의 배설물이나 깃털로 담근 술을 말한다. 무색·무미·무취해서 중독된 사람은 그 사실조차도 모른 채 즉사해 정적의 암살이나 사약에 쓰였다는 무서운 독이다. ≪본초강목≫에 따르면 짐주의 독을 해독하는데 유일무이한 것으로 코뿔소의 뿔이 기록되어 있다. 뿔로 술잔을 만들어 짐주를 받아먹으면 절대 중독이 되지 않는다는 것이다.

보이는 것만으로는 분간이 되지 않는 짐조와 같은 여자가 많아서였을까. 그런 위험한 여자들의 독에서 중독되지 않으려고 수많은 남자들이 너도나도 코뿔소의 뿔을 구입하려고 하는 것은 혹 아닐까. 온몸에 강한 독기가 있어 새가 논밭 위를 날면 그 아래 식물이 모두 말라 죽는다는 짐조의 전설이 사실이 될까봐 두려운 게 요즘 세상이다.

세상이 하도 어수선하고 무서워서 해보는 넋두리였으면 차라리 좋겠다.

단풍, 우울에 빠지다

산을 오른다. 절정의 가을임에도 채 물이 들기도
전에 말라 비틀어져가는 단풍을 보며 그를 떠올린 것이 우연은 아
닐 것이다.

사막 한가운데 떨어진다 해도 살아나올 수 있다고 장담하던 S의
부고를 접한 것이 며칠 전이다. 57년생이니 한창 일하고 인생을 꽃
피워야 할 시기에 죽음을 맞았다는 것이 무척이나 충격이었다. 그
러나 그의 부고가 휴대폰 스팸문자 속에 섞여 들어온 부고여서 더
심란했다.

그는 지식이 많고 손재주가 탁월하였다. 등산용품점을 운영하며

나름대로 승승장구했다. 얼마 전 몸이 좋지 않아 운영하던 큰 가게를 어느 날 갑자기 정리했다는 소식을 듣고 나서 5개월여 만에 부고를 접한 것이다.

날로 삭막해져 가는 내 가슴에, 무어 감성이 남아 있어 울겠느냐고 담담하게 빈소에 들어섰다. 갓 대학생이 된 큰딸아이와 고등학생 둘째 딸이 어머니와 함께 울고 있었다. 하지만, 나를 두고 어찌 혼자 갔느냐고 통곡하며 절규하는 그녀의 모습에 그만 가슴이 무너져 내렸다. 하염없이 내 눈에 촉촉하게 물기가 어리는 걸 어찌할 수가 없다.

평소에 호형호제하던 S의 동생들에게 조의를 표하니 지난밤 주무시다 갑자기 돌아가셨다 한다. 재주가 많은 사람이라 하늘이 필요해서 일찍 데려갔을 거라고 위로하고 한 잔술로 고인을 회상한다.

빈소에는 수많은 조문객이 고인과의 인연을 떠올리며 회고하고 있었다.

그의 기억이 잊힐 즈음 타 산악회 원로에게서 전화가 왔다. 날로 어려워져 가는 산악회 운영의 어려움을 토로하던 중 우연히 S의 얘기가 흘러 나왔고, 장례식에 다녀왔냐는 물음이었다. 한 달 전쯤 다녀왔다고 얘기하니 혼자 독백처럼 내어뱉는 말이 귀를 의심케 한다.

"허 거참! 사업에도 나름대로 성공하고 떽치기를 두 번이나 당해도 살아남은 의지력이 강한 사람인데 아침에 옥상에서 목을 매어 자살하다니 믿어지지가 않네."

자연사라고 믿고 있던 나에게는 부고를 받았을 때보다 더 충격이었다. 그분도 그의 그러한 뜻밖의 죽음에 큰 슬픔과 심한 자극을 받고 있는 것이 온몸으로 전해졌다.

남보다 뛰어나다는 걸 증명하고 앞서 나가며 살아간다는 것은 정말로 힘든 일이다. 예측 불가능한 현실에 적응하려고 아등바등하다 보면 병이 든다. 여차하면 낙오될 수 있다는 위기감이 스트레스를 불러오고 우울증으로 이어지고 급기야는 삶을 포기하기에 이르는 것을 너무나 흔하게 본다.

S처럼 우리도 자신의 생명을 소홀히하고 다른 생명도 대수롭지 않게 여기는 건 아닐까? 오죽하면 그의 부고도 가벼운 문자로 들어오지 않았던가? 그것을 스팸문자라 여기고 지워 버렸다면 그의 명운을 빌 시간조차도 내게는 없었을 것이다.

마을에 변고가 있으면 모두가 진심으로 가슴 아파해주던 그 시절이 그립다. 걸음이 빠른 장정을 선발해 몇십 리 몇백 리 밖 단 한명의 지인에게까지 소식을 전하려 했던 성의가 아쉽다. 전화 한 통화의 여유도 없이 문자 하나로 죽음을 알리고, 시간이 있으면 참석하고 그나마도 마음이 없다면 참석하지 않을 수도 있는 인연의 끈이 부실하게만 느껴진다.

가을이 위태롭게 내몰리고 있다. 몇 개월째 비 한 방울 내리지 않고 깊은 산사에조차 식수가 고갈되어 가을나기가 쉽지 않다고 한다. 갑사로 내려가는 등산로에 먼지가 풀풀 날린다. 메마른 대지에 미세한 먼지가 나무를 휘감고 고혹의 빛깔마저 잃은 채 말라가는 단풍나무 잎사귀에 굳은 얼굴의 S가 투영되고 있다. 삶을 포기하는 순간에 그는 무엇을 생각했을까. 그렇지만 생전에 가까웠던 지인이나 소중

한 관계를 유지했던 분들에게 일괄적으로 문자 메시지로 부고를 알린 가족들을 그는 저승에서 어떤 마음으로 지켜보고 있을까.

죽은 자는 말이 없지만 남은 사람들은 죽은 자를 화제거리로 삼는다. 상갓집에서 어느 누군가가 갑자기 툭 던지던 말 한마디가 머리에 맴돌며 쉽게 지워지지 않는다.

"밤에 자다가 갑자기 죽었다는 망자 대부분은 자살로 보면 거의 틀림이 없지요."

흔적들의 응변

대한해협은 선현들과 예술인의 혼이 살아있는 격랑의 바다다. 나라 잃은 설움을 거두기도 전에 죽음의 유배를 떠나던 면암이 본 바다요, 〈사의 찬미〉로 한 시대를 풍미했던 윤심덕이 투신한 바다다.

배를 타고 1~2시간이면 왕래할 수 있어서일까. 대마도를 찾는 관광객은 연간 4만 명이 넘는다. 무상한 세월은 민족의 아픔마저 삼키려 들지만 검푸른 바다는 서슬이 퍼런 모습으로 지나간 역사를 침묵으로 드러내고 있다.

이즈하라 부두에 도착한다. 입국수속이 생각보다 많이 지연된다.

'범죄예방'을 이유로 지문날인제도를 강제로 시행하기 때문이다. 범죄예방이 목적이라고는 하나 대다수가 한국인인 점을 감안하면 우리들을 '예비범죄자'로 취급함이다.

자국의 경제에 도움이 되는 외화는 챙기면서 죄인 취급하는 건 굴욕에 가깝다. 한 시간 이상 진행되는 통관의례에 시달리다 보니 괜한 짜증마저 더해진다. 한국과 일본이 '가깝고도 먼 나라'라는 게 실감이 난다.

대마도 탐방에 나선다. 이즈하라 시내의 거리는 정갈하다. 그러나 왠지 활기가 없다. 수선사修善寺에 도착한다. 백제의 비구승이 세웠다는 이 절은 면암 최익현 선생 순국비가 있어 유명해졌다.

구한말 대유학자이자 문신·애국지사인 최익현은 73세에 의병을 일으켜 항쟁하다 대마도에 유배되어 일본인이 주는 음식은 먹지 않겠다며 아사餓死 순국한 분이다. 이곳에서 장례가 치러졌고 유해는 부산으로 이송되었다. 선생의 넋을 기리고자 1986년 한일 양국의 유지들이 힘을 모아 수선사에 비를 세운 것이다.

두 번째로 걸어서 들른 곳이 국분사國分寺였다. 제12차 조선통신사의 '통신사 객관용'으로 신축한 사찰인데 당시 지은 목조 건물이 거의 원형을 보존하고 있다. 그런데 왠지 그 이름이 낯설지 않다. 국분상태랑國分象太郎(군이와캐 쇼타로)이란 인물과 연관되어졌기 때문이다. 대마도 출신인 그는 조선어에 능통해 이등박문伊藤博文(토히로부미)의 비서로서 한일합병의 통역과 조약문을 작성한 공로로 훈장을 받은 자이다.

일본인에게는 추앙받는 인물이나 우리들에게는 지탄과 멸시의 인물이다. ≪매천야록≫의 '이지용과 그의 아내 이홍경'의 일화에 의하면 이홍경은 을사오적의 한 명인 매국노 이지용의 처로 영어와 일어에 능통했다. 일본으로 가는 이지용을 따라가 세 사람의 일본인 관리들과 각기 은밀한 정을 통했는데, 두 번째 정을 통한 정부가 바로 국분상태랑이다. 질투로 눈이 먼 첫 번째 남자 추원수일萩原守一은 분통이 터져 귀국전송 서양식 인사를 하던 중 이홍경의 혀를 깨물었고, 당시 그 사실은 〈작설가〉라는 추문으로 도성에 번져, 등장하는 인물 모두가 한마디로 조롱의 대상이었다.

대부분 개인사찰인 일본사찰이 그렇듯이 국분사도 납골당이 있는 것이 특징이다. 얼마 전 수많은 비문 중에 국분상태랑이 죽은 후, 을사오적 중의 한 명인 매국노 이완용이 써준 비문이 발견되었다. 이국에서 몇백 미터의 거리를 두고 충절과 순국의 대표적 인물과 변절한 매국의 상징적 인물이 대비되어 흔적으로 남아 후손들에게 회자되고 있는 것이다.

이튿날 아침 백악산(시라다케) 등산에 나섰다. 가도 가도 끝이 없는 삼나무 숲 속을 걷는다. 대마도 나무만 팔아도 1억2천 명의 일본 국민이 3년은 먹고 살 수 있다는 사실에 솔직히 기가 죽는다. 일본이라는 나라와 국민성에 대해 다시 생각을 하게 된다. 두 개의 거대한 바위 봉우리가 있는 정상에 올랐다. 우거진 삼림의 기운찬 숲의 지맥들이 망망대해 오대양 육대주 바다 속으로 짓쳐 드는 것처럼 보인다.

우리나라가 지척이다. 일본의 본토보다도 몇 배나 더 가까운 대마도를 우리의 선현들은 왜 포용하고 우리의 것으로 만들지 못하고 배척하고 멀리 떼어 놓으려고만 했을까. 정복하고 우리 것으로 만들 수 있었음에도 지금의 상황까지 몰고 간 선현들이 조금은 원망스럽다.

4시간여 등산을 마치고 한 시간 이상을 버스로 이동하여 히타카츠 항에 도착한다. 점심은 일본인이 자랑하는 우동이다. 후루룩 마시듯 단숨에 삼키고 '도노구비 고적군'까지 걷는다.

'도노구비 고적군'은 1971년 上對馬町(카미쓰시마초우) 比田勝 小學校(히타카츠 소학교) 학생인 김광화가 친구들과 뒷동산에 놀러갔다가 발이 빠지는 바람에 우연히 발견한 고분이다. 작은 고적군인데도 불구하고 일본은 러일전쟁 때 패전 러시아군을 치료해 준 장소이기 때문에 20세기 일본의 평화의 발신지라고 우기는 곳이라고 한다.

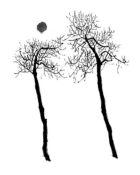

히타카츠 시에서는 〈아리랑〉을 정오를 알리는 방송으로 내보낸 다. 그 소리를 듣고 신기해하고 감격해하는 한국인들이 많다. 그러 나 우리는 알아야 한다. 지나간 역사에 잠시 스쳐, 현장에 아무런 흔적이 남지 않아도 한국인들을 불러 모을 수 있고 돈을 벌 수 있다 면 억지로라도 의미를 부여하고 현혹할 수 있는 나라가 일본이라는 것을.

1박2일의 짧은 일정을 마치고 부산으로 향하는 배를 탄다. 미끄 러지듯 빠져나가는 선창 밖으로 조금 전 들렀던 '도노구비 고적군' 이 눈에 들어온다. 나도 모르게 미소가 떠오른다. 2－3세기경의 석 관묘로 일본 본토에서는 한 번도 발견된 적이 없는 고분군이며, 우 리나라에서 발견된 한나라식 분묘와 청동기 고분과 유사하다는 것 을 가이드에게 전해 들었기 때문이다.

아는 이가 없어 아무도 모르더라도 흔적은 쌓이게 마련이고, 누 군가에 의해 기록되어질 수도 있는 것이 만고의 진리다. 이번 대마 도 기행은 그것을 확인하는 것만으로도 충분한 보람이었다. 영겁 의 세월이 흘러도 흔적들은 나름의 웅변을 토해내고 있고 앞으로 도 계속될 것이다.

≪대구문학≫ 발표

변산 일몰은 지지 않는다

  역동의 붉은 정열이 거대하고 검푸른 늪 속으로
빠져든다. 구름 속에 잠기어 빛을 잃어 가던 태양이 마지막 빛을 발
한다. 당연을 습관처럼 여기고 쉽게 포기했더라면 보지 못했을지도
모른다. 기대치에서 상상 하나를 더하고 목적에 따라 분위기가 좌
우되는 것이 여행과 산행이다.

  사면팔방이 바다에 둘러싸이면 섬이다. 그러나 삼면이면 반도半
島라는 것을 아는 이가 그리 많지 않다. 대한민국을 한반도, 고흥군
을 고흥반도, 태안군을 태안반도라 부르는 이유다. 그렇다고 전부다
그런 것은 아니다. 전북 부안은 부안반도라 부르지 않고 변산반도

라 부른다. 이유는 단 하나, 호남 5대 명산이며 국립공원으로 지정된 변산邊山이 바닷가에 위치해 삼면이 바다에 노출되어 있기 때문이다.

서해고속도 줄포IC를 빠져나와 신복리에서 우측으로 돌아 우동리로 접어든다. 우동리의 옛 이름은 우반동, 전란과 기근을 피할 수 있어 십승지지十勝之地 최고의 길지 중 한군데다. 마을입구에는 반계선생유적지라는 안내판이 있다. 실학의 선구자 유형원은 두 차례나 과거에 응시했으나 낙방하고 이곳으로 이사 후 일생을 숨어 지냈다. 뛰어난 학문은 벼슬자리를 주며 유혹했지만 모두 사양하고 평생을 학문에만 힘쓰다가 세상을 떠났다. ≪반계수록≫ 26권을 펴냈는데 민생을 넉넉하게 하는 여러 가지 주장을 펴 다산을 비롯해 후기 실학자에게 큰 영향을 끼쳤다.

이곳에서 반세기 전 허균을 기억한다. 조선의 급진적 개혁가인 그는 우반동에서 〈홍길동〉이란 소설로 당시 사회의 모순과 아픔에 대한 해결책을 제시했지만 역부족이었다. 이상향의 나라 율도국은 고슴도치같이 생긴 섬 위도를 모델로 제시했지만, 사지가 찢기는 능지처참이 그를 풍운의 인물로 만들었다. 부안의 여류가객 이매창은 촌은 유희경과의 교분을, 사랑이 아닌 시를 통한 교감으로 승화시켰다. 또한 연암 박지원의 〈허생전〉의 탄생 배경지도 바로 이곳이니, 조선시대의 심오한 철학과 사상의 보고가 바로 우반동인 셈이다.

우동제저수지 너머에 선계폭포가 보인다. 그 옛날 반계천인 계곡에는 맑은 물이 흘렀고, 선계명월仙界明月이라고도 불렸다. 수많은 시객들이 줄을 이은 곳이며 선계폭포가 있는 위쪽에는 옛날 변산의 4대 사찰 중에 하나였던 선계사지가 있었다. 선계안 분지라고도 불렀는데 분지 밑으로 큰 절벽이 있어 비가 많이 오는 경우에는 물줄기가 한곳으로 모아져 높이 50여 미터의 아름다운 폭포가 만들어진다.

바짝 마른 가뭄이 원망스러운지 물조차 비치지 않는 선계폭포를 쓸쓸히 바라본다. 조선조를 세운 이성계가 머물며, 학문과 무예를 닦았다고 해서 '성계골'또는 '성계폭포'라고 나누어 부른다. 폭포가 있는 왼쪽 건너편에는 매봉과 〈홍길동전〉에 나오는 굴바위가 보인다.

바디재를 횡으로 가로지르는 도로를 버스가 힘겹게 오른다. 누군가는 근대화에 망가져 가는 문화유산의 보고 우동리의 현실을 개탄하지만, 타지에서 온 우리들은 그 문명의 이기를 타고서 힘들이지 않고 오르니 이것 또한 고마워해야 할 모순이며 아이러니다. 고갯마루에서 한눈에 들어오는 십승지의 길지 우반동의 지형을 잠시 살펴보고 다음 일정의 향해 버스의 고삐를 당겨 서두른다.

거석리로 내려서는 가파른 도로가 마치 기나긴 인생 여정의 굴곡처럼 드라마틱하다. 길옆에 빨갛게 익은 주홍색의 감들이 가지 아래 매달려 추색을 더욱 풍부하게 물들인다. 변산 최고봉 의상봉 주변의 쇠뿔바위가 전면에 그 모습을 드러낸다. 정상부의 군사기지 시설은 천길 단애로 형성된 기암절벽 위에 자리 잡았다. 그 아래 일백여 미터가 넘는 절벽 한가운데에 네 평 남짓한 반석굴인 불사의 방不思議房이 있다. 젊은 날의 진표율사가 그토록 구원하던 미륵불

신앙은 대체 무엇이었기에, 온몸을 돌로 두들기며 참회를 밤낮으로 쉬지 않고 4년여 동안 삼가 수행하였을까. 일개 범부의 소견으로 헤아리기조차 어렵다.

변산팔경의 하나인 월명무애의 진원지 월명암이 저 멀리 쌍선봉 자락에 둥지처럼 자리 잡았다. 부안호에 드리워진 단풍이 가는 가을을 아쉬워하는 듯 일렁인다. 거대한 바다를 막아 갯벌과 바다를 땅으로 전환한 새만금 방조대가 세계에서 가장 길다고는 하지만 생태계 파괴라는 난제에 부딪혀 그 의미가 퇴색됨이 아쉽다.

수만 권의 책을 쌓아 놓은 것 같은 격포 채석강에서 바라본 서해 바다는 생동감이 넘친다. 내소사에서 맛본 절정의 단풍은 푸른 하늘의 구름과 어울려 더 이상의 경치를 생각할 수 없게끔 뇌리에 각인된다. 3대 젓갈시장인 곰소만에 들러 자리를 잡는다.

몇 번을 와도 다보지 못할 선경들을 어느 것 하나 부족함 없이 보고 나서인지 서해 최고의 일몰을 기대하는 건 언감생심 조금의 욕심일 듯도 하다. 바다의 수평선 위에 구름들이 반란을 준비하며 어슬렁거린다. 곧 태양을 에워 싸며 시위할 듯하다. 곰소만 갯벌에 크고 작은 갯이랑이 억겁의 흔적인 양 수많은 주름을 만들었고 그 사이로 썰물로 빠져나간 바닷물이 조금씩 유입되고 있다.

갑자기 창문 밖이 소란스러워진다. 전혀 기대하지 않았던 일몰이 어느새 서해바다를 붉은 환상으로 뒤덮고 있다. 바다 위를 어지럽히던 구름은 어느새 사라져 버렸고 붉은 열기가 거대한 바다를 평정하듯이 달구고 있다. 지는 해가 일몰이라지만, 변산반도의 일몰은 오히려 용솟음치는 개벽의 일출에 가깝다. 시대를 앞서 살아간 숱한 선조들의 지혜와 사상들이 응집되어 있는 축복 받은 땅에서 보는 것 때문이리라.

　붉은 기운들이 사라지는 게 아니라 서해의 칠산 앞바다에서 잠시 수면에 빠지는 것인지도 모른다. 교산 허균이 그토록 열망했던 더 큰 세상을 열고 다시 새롭게 비추기 위해서다. 한잔 가득 따른 투명한 소주잔에 투영된 붉은 기운을 목구멍으로 삼킨다. 변산반도의 맑은 정기가 가슴속에 가득 차올라 벅찬 희열이 뇌리로 전이된다. 얼굴마저 뜨겁게 달구어지고 있다.

밑자리

경기도 용인시 모현면 능원리에 가면 포은 정몽주의 묘가 있다. 기이한 것은 증손녀 사위인 이석형의 묘와 나란히 묻혀 있다. 가문이 서로 다른 묘가 한곳에 나란히 있다는 것은 그 유례가 드물다. 거기에는 전설 같은 일화가 숨겨져 있다.

포은은 고려의 마지막 충신이었다. 새로운 나라를 세우려는 이방원 일파에 맞서다 선죽교에서 무참히 살해당했다. 죄명이 반역이라 그의 시신은 저자 거리에 버려졌다. 송악산 스님들이 몰래 수습하지 않았다면 그의 묘는 없었을지도 모른다.

포은이 죽고 3개월 후. 이방원은 부친을 조선의 태조로 등극시킨다. 그리고 두 차례에 걸쳐 왕자의 난을 일으켜 피를 나눈 형제들과 반대편에 섰던 개국공신들마저 차례로 제거하고 조선 3대 임금으로 즉위한다. 왕에 오른 그가 가장 먼저 한 일이 아이러니다. 왕권강화와 흩어진 민심수습, 신하들의 충성심을 강조하기 위해 자신이 무참히 살해했던 전조前朝의 충신 포은을 복권시킨 것이다. 영의정에 추증하고 그의 묘를 고향으로 이장하는 것을 허락했다.

포은의 유골이 용인시 수지읍을 지날 때였다. 상여 행렬의 맨 앞장에 세운 명정이 갑자기 불어온 회오리바람에 의해서 날려갔다. 손에 잡힐 것 같던 명정은 몇 번이나 날아가기를 반복하다 현재의 산자락에 떨어졌다. 그것을 이상하게 여긴 후손이 지관을 불러 물어보니 이 자리가 보기 드문 명당이라는 것이다. 하늘이 충신을 알아보고 자리를 잡아 주었다고 감탄하던 후손들은 영천까지 갈 필요 없이 그곳에다 안장하기로 하고 구덩이를 팠다. 그러나 날이 저물자 하관은 할 수가 없었다. 몇몇 인부들에게 광중을 지키도록 하고 먼 행렬에 피곤한 후손들과 유림의 제자들은 곤한 잠이 들었다. 그때 오직 한 사람, 잠을 자지 않는 사람이 있었다. 바로 정몽주의 증손녀였다.

이튿날, 후손들이 묏자리를 살펴보니 물이 가득 차 있었다.

"명당인 줄 알았더니 물이 나는 걸 보니 잘못 보았구나."

깊이 탄식하며 후손들이 옆 언덕을 보니 그곳 또한 명당이었다. 그래서 포은을 거기다 모셨던 것이다. 그 후 세월이 흘러 포은의 증손녀는 남편이 죽자 포은의 명정이 떨어진 그 자리에 장사葬事 지냈다. 그리고 그 자신도 옆자리에 묻혔다. 나중에 알고 보니 포은의 증손녀가 명당이 탐이 나, 독한 술과 맛있는 안주를 준비해 인부들에게 먹인 후 밤새도록 연못에서 물을 길어다 부었던 것이었다.

그 후 조선조 내내, 포은의 증손녀사위 연안 이씨 이석형의 후손들은 번창했다. 250여 명에 달하는 문과 급제자를 내었는데, 그중에는 정승이 8명, 대제학 8명, 청백리 7명이 배출되었다. 명실 공히 조선 3대 명문으로 그 위세를 떨친 것이다. 반면에 포은의 후손들은 현종 때 우의정에 오른 9대손 정유성과 판서 2명이 있었을 뿐 크게 벼슬을 한 사람이 없었다.

우리나라 사람들은 지금도 유별나게 명당을 좋아한다. 전국의 유명명소를 자주 다니다보면 '명당 중의 명당'이라는 묏자리를 자주 접하는데, '산자수명山紫水明'한 곳에는 어김없이 이름난 왕가의 묘나 태실이 있고 그 유래가 전해진다. 풍수지리를 선호하고 추종해서인지 각 대학교의 평생교육원이나 문화교양 센터에서는 강좌가 인기다.

묏자리에 대한 집착이 우리나라에서만 있는 것은 아니다. 2009년도에 있었던 일이다. 세대를 초월한 섹스 심벌 마릴린 먼로의 무덤 윗자리가 경매에 나왔다. 그것도 처음이 아니라 먼로의 전 남편 야구선수 '조 디 마지오'와 사업가 '리처드 폰처'에 이어서 세 번째로 묻히는 자리였다. 리처드의 부인이 남편이 죽은 지 23년이 되자 주택자금을 마련하기 위해 이장을 생각하고 묏자리를 경매 매물로 내놓은 것이다.

마릴린 먼로의 바로 위에서 영원히 시간을 보낼 수 있는 마지막 기회가 된다고 생각했을까. 일주일 만에 21명의 입찰자가 참석한 가운데 한화로 57억 3천5백만 원에 낙찰이 되었다. 죽어서라도 즐거움을 찾고 세상 사람들의 이목을 끌고 싶은 서양인들의 인식에서 비롯된 일이었다.

　그리고 얼마 전 또 하나의 쇼킹한 사실이 세상에 알려졌다. 로마 교황청이 거액을 받고 범죄조직의 보스에게 교황들 옆자리의 무덤을 내준 사실이 밝혀진 것이다. 부당거래 자체도 그렇지만, 30년이나 미제로 남아있던 한 범죄조직의 살인사건 수사 과정에서 알려져서 더 큰 문제가 된 것이다. 1990년 로마 인근 마글리아나 지역의 범죄조직 두목 엔리코 데페디스가 암살당했다. 그러자 그의 부인이 그 당시 돈으로 10억 리라(약 7억 5000만 원)를 주고 교황청의 묏자리를 샀던 것이다. 그 덕택에 데페디스는 잔혹한 범죄자임에도 불구, 이 성당에 묻힌 역대 교황과 추기경들의 옆에 나란히 눕는 호사를 누릴 수가 있었던 것이다.

　묏자리 문화에도 우리와 서양의 차이가 있다. 자식과 자손을 유난히 생각하는 우리나라 사람들은 자손들의 발복發福을 기원하기 위해 자신의 묏자리를 이용하지만 서양인들은 철저히 자기 자신을 우선시한다는 것이다. 먼 훗날 자식과 자손들의 미래보다도 지금 자신의 명예와 즐거움을 제일 먼저 생각한다는 게 다르다.

　근래에 우리나라의 장례문화도 많이 변했다. 국토가 좁은데다 죽음에 대한 인식이 달라져서인지 매장보다 화장을 선호하는 것이다.

그 비율이 70%에 근접한다니 바람직한 현상이 아니겠는가.

100여 년 만에 유래 없는 가뭄이 지속되고 있다. 그래서 그런지 얼마 전부터 꼭 다녀오고 싶은 곳이 한군데 있다. 우리나라 최고의 명당 묏자리라는 서대산 정상이다. 지금도 몰래 시신을 암장할 만큼 사람들이 끊이지 않는다는 곳인데, 누군가 그곳에 묘를 쓰고 나면 극심한 한발이나 가뭄이 들어 주민들이 삽과 곡괭이를 들고 산에 올라 시신을 발굴한다고 한다.

포은의 묘에 얽힌 유래가 사실이라면 풍수지리를 마냥 부정할 수 있을까. 경작하는 농작물뿐만 아니라 산에 자생하는 식물들마저도 푸석푸석 말라죽고 있는 요즈음이다. 천하의 명당 묏자리를 눈요기 하고 싶어서가 아니라, 산을 오를 때 등산복에 흘리는 땀방울이 아까울 만큼 너무 극심한 가뭄이 원망스러워서다.

부조扶助

부고를 받을 때마다 그녀가 떠오른다. 상갓집에
문상객의 숫자보다 빼곡하게 늘어선 조화를 볼 때도 마찬가지다.
그래서인지 불의의 변고로 남편을 잃어 젊은 나이에 혼자가 되는
미망인을 볼 때는 가슴이 더 아리다. 장례문화가 언제부터 왜곡되
었는지 모르지만 고인에 대한 추모보다 상주의 사회적 지위와 명예
가 우선시되는 세상이다.

강산이 한 번 하고도 반이나 더 변했다. 등산을 마치고 집으로 돌
아온 늦은 저녁, 한 통의 전화가 걸려왔다. 이름을 확인한 상대방이
한 사람의 이름을 대면서 그녀의 남편이 갑자기 돌아가셨다고 한

다. 그리고 오늘이 삼우제三虞祭라고 일러준다.

창백한 형광등 불빛 아래 망연자실하게 앉아있는 그녀가 보였다. 흐트러진 머리카락 몇 올이 고개를 숙인 그녀의 하얀 목덜미 위에서 가늘게 떨리고 있었다. 돌아서는 그녀의 눈동자는 흐려있고 망연자실한 표정엔 허망함이 가득하다. 텅 빈 가슴에 무엇이라도 채워야 했는지 이따금씩 입으로 가져가는 소주잔이 조금씩 비워지고 있었다.

견디기 힘들어하는 표정이 역력하다. 그런 그녀에게 아무것도 해줄 수 없다는 게 참으로 미안하다. 술잔이 비워질 때마다 묵묵히 채워줄 뿐이다. 자정이 넘자 소식을 전했던 그녀의 친구마저 돌아가자 실내의 공기는 더욱 무겁게 가라앉았다. 잔인한 달 4월이 하얀 소복이 되어 창밖에 그대로 드러내고 있었다.

　새벽 세 시가 가까워지자 그녀의 몸이 서서히 기울어졌다. 그녀에게 가장 필요한 건 잠이지만 그녀가 한사코 거부하고 있었다. 깨어날 때까지 곁에 있어 주겠노라고 설득을 하자 그녀의 고개가 겨우 끄덕여진다. 잠자리에 드는 걸 확인하고 불을 껐다. 아무 생각도 없이 그녀가 편안해지기를 무조건 바란 것이다.

　그러나 침묵이 결코 오래가지 않았다. 이부자리가 미미하게 떨리더니 그녀의 오열이 시작되었다. 절절한 흐느낌이 너무 처연해서일까. 안타까운 마음에 그녀를 안았다. 파르르 떨리고 있던 그녀의 작은 몸뚱이가 가슴을 파고들었고 그녀의 눈물이 팔베개를 타고 축축이 흘러내렸다.

　세상을 다 잃어버린 것 같은 막막함은 당해본 사람만이 안다. 나 역시 어린 나이에 어머니를 잃었었다. 아무런 준비가 되어있지 않았기에 그 슬픔은 더욱 컸고 가슴이 터질 것 같은 먹먹한 아픔에 숨 돌일 틈마저도 없었다. 식음을 전폐했고 이 세상 모든 것을 다 잃어 버린 것 같은 무서움과 두려움에 온몸을 부들부들 떨어야만 했다.

그녀를 처음 만난 건, 그녀가 하는 일에 필요한 소모품을 납품하는 일을 하면서다. 그러다 그녀의 남편과도 안면을 트게 되었고 인사를 나누는 사이가 되었다. 작은 부품사업체를 운영했던 그녀의 남편은 무척이나 건강했고 호방한 사람이었다. 그런데 갑자기 죽음이라니, 부고를 접하면서도 선뜻 그 사실이 믿어지지가 않았다. 닷새 전 기분 좋게 술을 마시고 들어온 남편이 잠을 자다가 갑자기 호흡이 가빠졌다고 한다. 온몸을 문지르고 119구급차를 불러 병원에 도착했지만 이미 심장마비로 사망했다는 것이다. 그녀의 나이겨우 삼십대 중반, 초등학교 5학년과 3학년에 다니는 두 아들이 있었다.

아침부터 내리던 는개가 이제 그쳤다. 섬진강가에는 몽환의 물안개가 드리워졌다. 관광버스가 서서히 옥과 톨게이트를 빠져나가자 강을 끼고 있는 들녘과 산자락에 피어나는 매화가 지천이다. 봄비의 질투도 자연의 섭리에는 크게 영향을 미치지 못했는지 어느 사이 매화가 남실바람의 교태에 활짝 웃는다.

관동마을에 도착해 등산을 서두른다. 쫓비산을 오르고자 매화밭을 통과해 가파른 주능선에 오른다. 512봉과 갈미봉, 바위 전망대를 차례로 통과하니 갑자기 힘이 부치기 시작한다. 그저께 밤늦게까지 상가에 다녀오고 아침도 제대로 챙겨먹지 못하고 무리하게 등산에 나선 탓이다.

　급한 대로 배낭을 열어 사탕과 초콜릿을 꺼내 입안에 넣는다. 저체온증과 저혈당 예방에 도움이 되고, 열량이 높아 순간적으로 체력이 보충되는 비상간식이어서다. 몸이 어느 정도 회복이 되자 등산을 다시 서두른다. 그때 문득 조금 전 먹었던 초콜릿과 사탕이 부조 같다는 생각이 든다. 어떤 일을 갑자기 당했을 때 빠른 시간 내에 충격에서 벗어날 수 있도록 어느 정도 도움을 줄 수 있어서이다.

　그러고 보니 며칠 전 우연히 그녀를 만났었다. 그녀의 남편 삼우제 이후 십오 년여 만의 만남이었다. 그녀가 식당을 개업하고 내가 다른 업종으로 전업을 하게 되면서 연락이 끊어진 터였다. 무정하게 흐르는 세월은 참 많은 것을 변화시켰는지 그녀의 두 아들도 늠름하게 장성했다 한다. 첫째는 해군사관학교를 졸업해 임관을 했고 둘째도 곧 해군에 지원입대를 앞두고 있다는 것이다.

　삼우제를 지냈던 그날 밤이 떠올랐다. 오한이 들었는지 그녀가 금방이라도 숨이 멎을 듯이 온몸을 부들부들 떨었다. 한계를 넘어버린 슬픔과 며칠 동안 식음을 전폐하고 술만 들이킨 탓이었다. 아무리 좋은 집도 구들장에 온기가 돌지 않으면 급격히 무너질 수 있는 법, 여자라고 다를까.

　싸늘한 방에 장작을 대었다. 빠른 시간 내에 온기가 온방으로 퍼지기를 간절히 기원하면서. 창밖엔 별이 총총했고 밖은 여전히 깜깜했다. 어스레한 여명이 밤을 밀어내는 새벽녘이 되고서야 그녀의 집을 빠져 나왔다.

하산을 하는 매화마을에 매화가 화사하다. 언제 비가 내렸냐는 듯 매화나무에도 온통 생기가 가득하다. 엄동설한의 혹한을 이겨내고 피어나는 꽃이라 그런지 보면 볼수록 기분이 짠하다. 게다가 올 삼월은 유난히 날씨가 춥고 비가 많이 내렸다지 않는가.

절정으로 피어난 매화를 보면서 문득 그녀의 얼굴을 떠올린다. 길가에 늘어서서 활짝 망울을 터트린 매화가 장례식장에 줄지어 늘어선 조화처럼 보이고 사열하는 해군사관생도들처럼 보이는 것은 왜일까.

스승은 청출어람青出於藍을 바라고

유명 중앙 일간지 기자 수첩란에서 '박사 받은 예
술가는 다르다?'는 제하의 가십기사가 났다. 박사과정중인 학생들이
학위 없는 교수에게 논문심사 받은 것에 대해 항의를 하기 때문에,
박사 아닌 교수들이 스트레스를 많이 받는다는 것이다. 예술인에
대한 객관적 평가가 어려운 예술계에서는 학위나 수상경력 같은
'표'를 붙이면 객관적 검증을 받은 것처럼 여기는 분위기가 팽배해
더욱더 심각하다는 기사였다. 이런 분위기가 어디 예술계 한 분야
에 국한된 문제겠는가.

내가 1기로 공부한 대학교의 사회교육원 수필창작반에서도 비슷

한 일이 있었다. 2기 수료식을 앞두고 난데없이 주강 교수가 현재 하고 있는 사업이 문제가 되어 문학회를 결성하고 계속하여 수필 창작의 심화과정에서 배우려 했던 움직임이 싸늘하게 식어버린 것이다.

나는 4개월여 60여 시간, 강의를 한 번도 빠트리지 않았다. 나름대로 글을 좀 쓴다고 자부했지만 교수님의 가르침을 들으면서 스스로 부끄럽고 창피스러웠다. 시간이 지날수록 더 배우고 수련해야겠다는 자신에 대한 깨달음이 분명해지면서 머리는 점점 무거워지고 남들 앞에 '수필을 쓰네.' 고개를 들 수조차 없었다. 배움은 늘 새롭고 배울수록 배가 더 고프다는 말을 교수님과 함께하면서 실감하였다.

나뿐만 아니라 수강자 거의가 열의에 넘쳐 있었다. 하나라도 더 배우기 위한 욕구는 수필에 대한 불꽃같은 애정으로 성장하였다.

작품에 대한 뜨거운 토론과 격려와 애정 어린 도움말로 스승과 제자 사이는 물론 우리들 사이에도 진한 유대감과 깊은 신뢰가 쌓였던 것이다. 그것이 소문과 소문의 확인에 의해 한꺼번에, 순식간에 허물어져 버렸다. 아무래도 이유 같지 않은 이유였다. 남에게 해를 주지 않는 건전한 노동으로 유지되는 현재의 직업이 사회적 명예와 거리가 있다고 해서 그 사람과 그 사람의 가르침까지 거부해야 할까.

2기 수료식 날이었다. 겨울 문학제도 함께 열렸다. 명망 있는 문인들과 수료생 가족을 비롯한 많은 지인들을 초청해 수료를 축하하고 먼저 등단한 선배들을 후배들이 문학제란 이름으로 축하연도 베풀어 주는 장을 마련한 것이다. 그러나 동문들 반 이상이 참석하지 않아 썰렁하기 짝이 없었다. 열심히 노력하지 않으면 주연이 되지

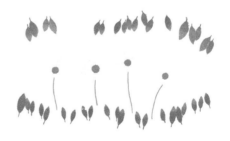

못하고 나처럼 사회를 보거나 행사도우미로 전락한다고 농담까지 섞어서 사회를 했는데도 그런 말로 교수님의 상처와 제자들의 씁쓸함을 달래기에는 역부족이었다. 빈자리는 더 크게 보이고 가슴이 아팠다.

며칠 후 동문 K에게 전화가 왔다. "문학도 병원과 같다. 아픈 환자가 좋은 병원과 병 잘 고치는 의사를 찾듯 수필도 잘 가르치는 곳이 있다면 옮겨서 배워 보는 것도 괜찮다."라고. 귀가 솔깃한 제의였다. 명성 있는 분의 그늘과 어느 정도 자리 잡은 수많은 선배동문들의 후광에 편승할 수 있겠다 생각하니 더 가고 싶었다. 며칠간을 고민했다. 그러나 결국 가지 않았다. 모든 것은 본인의 노력 여하에 달린 것이지 스승을 탓해서는 아니 된다 여겼기 때문이다.

스승과 제자 그 기준의 근간은 무엇일까? 배움의 시작은 자신의 부족함을 깨닫고 무언가 배우려는 겸손한 자세에서 출발한다. "필요성을 절감할 때 스승은 나타나고 스승이란 결코 찾아가서 가르치는 법이 없다(師無往敎之義)."고 했다. 누가 뭐라 해도 나는 포장보다 내용을 중요하게 여기는 사람이다. 교수님은 제자들이 당신을 뛰어넘어 청출어람靑出於藍으로 빛나기를 간절히 바라셨고 그 염원으로 열의를 다하여 가르치셨다고 생각한다.

좋은 수필을 쓰는 것, 그것만이 스승의 상처를 위로하는 길이 될 것이다.

술 푸게 하는 세상

완연한 가을이다. 유난히 푸른 하늘에 양떼구름이 유유하다. 임고서원 뜰 앞에는 오백 년 세월을 견뎌낸 은행나무 한 그루가 서 있고, 하늘거리는 은행잎들이 시월의 마지막 날을 배웅하고 있다.

임고서원은 고려 말의 충신이자 문장가인 포은 정몽주를 추모하기 위해 세운 것이다. 문루인 영광루에 올라 동쪽을 가늠하니 단층집 위로 전선줄이 난마처럼 얽혀있다. 그 사이로 서원이 처음 세워져 임진왜란 때 불탔던 장소 부래산이 보인다. 좌측의 동산 위에는 팔각정 전망대가 새로 세워졌다. 좀 더 높은 곳에서 탁 트인 조망을

선사하기 위해서다.

대다수의 사람들은 임고서원을 잘 기억하지 못한다. 서원이라면 으레 우리나라 최초의 서원으로 알려진 '백운동서원', 즉 '소수서원'을 떠올린다. 두 서원은 같은 서원으로 '백운동서원'에 임금이 '소수서원'이란 사액賜額을 내렸기 때문이다. 사액이란 사원祠院이나 서원書院 등에 임금이 이름을 지어 편액扁額을 내리는 것을 말한다. 역사적 사실과 의미로 본다면 임고서원은 소수서원에 뒤지지 않지만 최초가 아니라 두 번째 서원이란 점에서 사람들의 기억에 각인되지 못한 것이다.

예전에 한 방송국의 유명한 개그프로가 생각난다. 없어진 코너지만 '나를 술 푸게 하는 세상'이란 코너가 있었다. 심야의 파출소를 배경으로 에피소드가 구성되었는데, 술에 찌들어 파출소에서 잠들었던 한 취객이 소란스러움에 잠을 깬다. 그리고는 자신의 푸념을 사회에 대비하면서 '국가가 나에게 해준 게 뭐가 있느냐.'고 언성을 높인다. 그리고는 이 모든 원인이 '일등만 기억하는 더러운 세상' 때문이라고 자조한다.

우리나라 국민들은 유별나게 일등을 강조한다. 최선을 다해 노력하는 과정보다는 순위의 결과를 놓고 등수로서 평가하려 한다. 존재의 가치와 참 의미보다는 최초, 최고, 일등이라는 수식어를 더 선호한다. 그런 탓에 여러 가지 부작용이 사회 전반에 많이 생기기도 한다.

국감장에서 사진 한 장이 이슈가 된 적도 있었다. 올림픽을 마치고 선수들이 귀국해 환영회 중 찍은 기념사진 때문이었다. 모든 카메라가 금메달을 딴 선수들에게 집중되었다. 화사하게 웃고 있는 그들 앞쪽의 단상 밑에 한 선수가 쪼그려 앉아있는 모습이 찍혔다. 아마도 금메달을 따지 못하고 은메달이나 동메달을 딴 선수인 듯 했다. 최선을 다해 피땀 흘려 따낸 메달임에도 일등 메달이 아니라는 이유만으로 주인공의 자리에서 밀려나 들러리나 찬밥 신세로 전락된 것이다.

안타까운 일도 있었다. 세계에서 여성최초로 히말라야 산 14좌 완등이란 목표로 경쟁하던 국내여성 한 명이 소중한 목숨을 잃은 것이다. 스폰서 업체끼리의 치열한 경쟁으로 인해 아까운 생명이 희생양이 된 것이다. 그 후 목표를 이룬 여성 산악인과 후원업체도 정상등정 시비에 연루되어 오히려 얻은 것보다 잃은 것이 많은 등반으로 기억되어 버린 것이다.

1994년도에는 민망한 일도 있었다.

알프스 산맥에서 가장 잘 알려진 산들 가운데 하나인 마터호른 (4,478m)을 국내의 털보 3부자가 정상을 등정했다고 기사가 났었다. 그때 막내아들의 나이 겨우 여덟 살로 세계에서 최연소로 올랐다고 대서특필이 된 것이다. 선진국뿐만 아니라 우리보다 미개하다는 아프리카에서도 청소년들에게 고산등반을 금지하는 나라가 많다. 해발 삼천 미터가 넘는 곳에는 산소가 희박해 백혈구가 파괴되고 기억력이 감퇴된다는 이유에서다.

고소가 아이의 인체에 어떤 영향을 미쳤는지는 아예 관심 밖이었다. 오로지 영웅 만들기에 급급해 정작 중요한 것은 잊고 있는 듯했다. 매스컴은 세계 최연소란 수식어가 필요했을 뿐이었다. 라디오 프로그램에 출연해 인터뷰 할 때였다. 여자 아나운서의 질문에 등정의 후유증 때문인지 아이가 어눌하게 대답하자 오히려 산사나이처럼 말이 없고 듬직하다고 포장까지 해준다. 참으로 어이가 없는 방송이었다.

외국의 고산등반은 많은 돈이 든다. 그래서 웬만한 스폰서가 없으면 해외등반을 나갈 수가 없다. 그 아이의 아버지는 자신의 해외등반을 위해서 세계 최연소란 그럴듯한 타이틀로 어린 자식들을 이용했던 것은 아니었을까. 그 후 여세를 몰아 지방신문사의 지원 아래 아프리카의 킬리만자로까지 날아갔지만 결국 등정은 이루지 못했다. 어린아이라 등반이 금지된 까닭이다. 영웅주의와 무지가 만들어낸 국제적인 웃음거리였다.

임고서원이 진화되었다. 1980년부터 1999년까지 1차성역화 작업

이후에 2차 성역화 공사가 완성이 된 것이다. 최초가 아닌 두 번째 서원인데도 요즘 많이 알려지고 관심받는 것에 왠지 뿌듯하기까지 하다. 만고의 충신이며 외교관이었고, 성리학의 시조며 더없는 효자였던 선생의 행적이 귀감이 되리라 믿는다.

창건과 소실, 이전과 철폐 등 억겁의 세월을 견뎌내고 보존되어 온 서원이었기에 더 큰 의미가 부여된 것일까. 오늘따라 은행잎들이 더욱 더 빛이 나고 윤기가 흐른다. 서원이 처음 세워질 때부터 서원의 흥망성쇠를 늘 지켜보았던 나무였던지라 그 기쁨이 배가 된 탓일 것이다.

2등과 3등의 의미를 간과하고 모른 채 외면하면 어찌 처음과 최고, 일등의 가치가 빛날 수 있을까. 일등만 기억하는 더러운 세상 때문에 술 푸게 하는 세상이 되지는 않았겠지만 임고서원의 성역화 작업이 마무리된 것이 참으로 기쁘다. 역사적 의미로 재탄생되는 것은 그 다음의 문제가 아닐까.

3

산을 사랑한 죄

버스 옆 보리밭에는 플라스틱 의자와 간이 식탁이 놓여있고
음식물이 끓고 있다.
남녀가 뒤엉킨 그들의 얼굴에 때 아닌 붉은 단풍이 번들거린다.
거리낌 없는 목소리로 건배! 건배를 외친다.
무엇을 위한 건배란 말인가.

깨달음의 산, 충남 가야산

충남 예산에 가야산이 있다. 덕산도립공원 속에 포함되어 있는 산으로 깨달음의 산이기도 하다. 오페르트 도굴사건의 역사 현장인 동시에, 풍수지리학의 보고인 남연군 묘가 있어 더욱 유명하다.

산자락 안으로 짓쳐든다. 산의 정기가 흐르는 계류를 막아 축조한 옥계저수지가 차창 밖으로 스친다. 치산치수의 결정체라 그럴까. 유난히 맑고 푸른 물빛에 마음마저 푸르러지면서 이내 상가리에 당도한다.

산의 형세를 얼핏 가늠한다. 석문봉을 중심으로 좌로는 가야봉이,

우로는 옥양봉이 병풍을 두른 듯 웅장한 기세로 마을을 감싸 안고
있다. 중첩된 산자락을 향해 품안으로 든다. 길은 두 갈래, 옥양봉
가는 길을 버리고 좌측으로 접어드니 우측 구릉의 끝 지점에 조금
높은 단이 쌓여져 있다. 명당 중의 명당, 이대천자지지二代天子之地
로 알려져 있는 남연군의 묘다.

남연군 '이구'는 흥선대원군의 아버지다. 몰락한 왕족으로 자신의
목숨조차도 제대로 간수하기 어려웠던 대원군은 풍수지리설의 신봉
자면서 야심가였다. 그래서 전국의 명산을 돌아다니며 무너진 왕권
을 회복하고 실권을 잡는 방법을 풍수에서 찾고자 했다. 그러던 어
느 날, 정만인이라는 지관이 대원군을 찾아왔다.

"덕산 가야산 동쪽에 이대에 걸쳐 천자가 나오는 자리가 있는데
여기다 묘를 쓰면 10여 년 안에 틀림없이 한 명의 제왕이 날 것입니
다. 그리고 광천 오서산에는 만대에 걸쳐 영화를 누릴 수 있는 만대
영화지지가 있습니다. 이 두 자리 중 어느 것을 선택하시겠습니까?"
망설이지 않고 대원군은 가야산 자락의 이대천자지지를 선택했다.

그러나 그곳에 이미 '가야사'라는 절이 들어서 있었고 묘를 쓸 자
리에는 5층 석탑이 우뚝 서 있었다. 대원군은 우선 가묘를 쓰기로
결정을 하고, 탑 뒤에 있던 윤봉구의 사패지를 그 후손에게서 빌린
다. 그리하고서 경기도 연천에 있던 아버지의 묘를 옮겼다. 그때가
1844년의 일이었다.

1845년, 아흔아홉 개의 암자를 거느리던 가야사에 원인모를 불이
난다. 절은 소멸되고 탑이 부서졌다. 절을 지키던 승려들은 시체가

되어 연못에서 발견이 된다. 누가 가야사를 인위적으로 폐사시킨 것이다. 대원군은 탑이 있던 자리에다 석회 3백 부대를 써서 관곽을 단단하게 다지고 부친의 묘를 썼다. 도굴을 방지하기 위해서인데, 실제로 1869년(고종 5년), 통상 요구를 거절당한 독일상인 오페르트가 남연군 묘를 도굴하려다 실패에 그치기도 했다.

이장의 효험이 가시화된 것일까. 대원군의 아들 이재황은 묘를 이장한 후 18년 되던 1863년 조선의 제26대 임금 고종으로 왕위에 오르고, 1897년 '대한제국'의 광무황제로 즉위한다. 그 뒤 대원군의 손자인 순종 또한 융희황제에 오르니 정만인의 예언대로 '이대천자지지'가 정확하게 맞아 떨어진 셈이다.

160여 년의 세월이 흘렀다. 역사 속에 묻힌 가야사의 흔적과 숨겨진 비화들은 다 어디로 갔을까. 가야사지가 있었던 남연군 묘 주변은 대부분이 개간되어 논과 밭으로 경작되고 있다. 사위를 휘둘러본다. 가람을 추측하여 판정할 만한 유구遺構는 이미 남아 있지 않다. 눈을 감고 땅에다 귀를 기울인다. 영문도 모른 채 죽은 승려들의 비명 소리가 금방이라도 땅을 뚫고 새어 나올 것만 같다. 그들은 아직도 편히 눈을 감지는 못했으리라.

세월에 밀려가는 바람의 흔적들 사이로 기와조각과 초석으로 보이는 대형 석재가 흩어져 있다. 명당이란 무엇일까. 풍수지리설에 근거를 둔 좋은 집터나 묏자리를 의미한다지만 그것은 과연 누구를 위한 것이 되어야 할까. 명당 중의 명당이란 효험에 대원군의 아들과 손자는 왕과 황제로 등극을 하였지만, 명당에 의해 수혜 받아야 할 대상은 개인과 국가 중 어느 쪽일까.

피를 뿌린 수많은 생명을 담보로 얻었던 묘의 기운이, 주변열강의 구도를 재편하였던 건 아닐까. 두 명의 황제를 내었지만 그것이 조선의 국권을 일본에게 찬탈당하는 빌미가 되었다면 그 책임은 과연 누가 져야 할 것인가. 일본의 오랜 책략과 의도대로 '대한제국'이 수립되었다는 기록은 곳곳에서 발견되고 있다.

고종과 순종황제 제위 14년만인 1910년 8월 29일 대한제국은 일본에게 나라를 빼앗겼다. 일본천황의 조서로 고종황제는 태왕으로, 순종황제는 이왕으로 격하된다. '이왕가'라는 명칭을 사용하도록 강요당했고 대한제국 황실을 일본 천황가의 하부단위인 왕과 공으로 편성해 일본 국내성으로 귀속시켜 버렸다.

왕족의 신분으로서 사욕에 얽매어 인명을 해하면서까지 권력을

재편하려 했던 과욕이 문제였다. 우리 민족에게는 역사에 돌이킬 수 없는 오욕의 상처를 주었다. 자연의 섭리를 거스른 비극적 행위들이 나라전체의 운명을 바꿀 수 있다고는 생각지 않는다. 그러나 한번쯤 되짚어 봐야 하지 않을까.

근래에 이곳 주변에 관심을 끌 만한 일이 하나 생겼다. 남연군 묘에서 상가저수지 우측으로 400여 미터 오르다 보면, 옥양봉 지능선 쪽으로 새로운 묘지가 생긴 것이다. 〈터〉의 작가로 한 시대를 풍미한 풍수지리학이 대기 육관도사 S의 묘다.

그는 죽어서 무엇을 얻으려고 남연군 묘 위쪽에 묻히길 원했을까. 그 내막을 죽은 S는 알고 있을 것이다. 그러나 묻힌 곳이 덕산도립공원 내 가야산 자락이고 보면, 그는 죽어서도 후손에게 나라의 법을 어기도록 사주한 조상이 되는 셈이다.

인간의 욕심과 이기심은 죽어서도 그 끝이 없음이 안타깝다. 아무리 좋은 취지의 행위라도 개인의 공명과 직계의 후손에게만 미치는 것이라면 결코 좋은 것은 아니다. 나와 내 가족의 개념보다는 다수의 개념, 사회와 국가, 인류전체의 이익이 우선 되어야 하는 것이 바람직하지 아닐까.

석문봉 주변의 능선에 올라 옥양봉 지능선 아래를 내려다본다. 남연군의 묘도, S의 묘도 발아래 보이는 하나의 점에 불과하다. 풍수는 과연 어느 선까지 믿어야 하는 것인지, 그 의문을 풀기도 전에 하산 지점인 개심사에 당도한다. '마음을 여는 절'이라 그럴까. 남연군과 육관도사 S의 묘를 둘러보았을 때 어두워졌던 심사가 조금은 풀리고 열리는 것 같아 한결 마음이 개운하다.

(2011년 산림문화공모전 시 · 수필부문 동상 수상)

산을 사랑한 죄

발암산에 가는 길이다. 영산휴게소에 들렀다. 주차장이 알이 꽉 찬 옥수수처럼 빼곡하다. 봄맞이 여행을 하기에는 더없이 좋은 주말이다.

휴게소 식당으로 들어선다. 생각했던 것보다 많이 한산하다. 된장찌개 하나를 주문하고 식당 종업원에게 말을 건네 본다.

"관광 성수기인데 장사가 왜 이리 안 되죠?"

노려보듯 눈매가 곱지 않다. 그러더니 이내 체념한 듯 한숨부터 내쉰다.

"저기를 보세요. 저러는데 장사가 되겠어요?"

벤치 부근에 몇 무리의 사람들이 왁자지껄하다. 저마다 일회용 밥그릇과 국 그릇, 수저를 쥐고 있고 다른 한쪽에서는 밥과 국을 열심히 퍼주고 있다.

화장실에는 기다리는 줄이 삼십여 미터가 넘는다. 줄도 몇 개나 된다. 남자 화장실 소변기마다 서너 사람이 대기하고 있다. 어떤 여자들은 아예 남자화장실까지 와서 진을 치고 있고 수치심과 예의도 잊은 듯하다. 무심코 들어서던 남자들이 도리어 멈칫한다. 화장실을 잘못 들어 선 줄 착각한 모양이다.

휴게소 주변 잔디밭과 공터에 사람들이 넘친다. 아침인데도 벌써 술에 취한 모습도 보인다. 3월 하순부터 6월까지 주말에는 흔히 볼 수 있는 휴게소의 광경이다. 가끔 장소를 선점하려는 싸움까지 벌어진다. 인터넷 덕분으로 등산동호회가 활성화된 후 이런 일이 부쩍 늘었다.

　새로 개발된 발암산과 제석봉 등산로가 아주 쾌적하다. 한려해상 다도해의 해변과 바다를 감상할 수 있어 더욱 좋다. 거기다가 송림이 우거져 있어 삼림욕에 안성맞춤이다. 등산의 묘미도 각별하다. 군데군데의 바위 전망대에 서면 가슴이 탁 트인다. 그야말로 산해절승山海絶勝이다.

　4시간여 등산을 마치고 하산을 한다. 조용하던 마을에는 여러 대의 산악회관광버스가 서 있다. 버스 옆 보리밭에는 플라스틱 의자와 간이 식탁이 놓여있고 음식물이 끓고 있다. 남녀가 뒤엉킨 그들의 얼굴에 때 아닌 붉은 단풍이 번들거린다. 거리낌 없는 목소리로 건배! 건배를 외친다. 무엇을 위한 건배란 말인가. 사람의 무지에 짓밟히고 고성에 놀란 보리가 파르르 떨고 있다. 밭일을 하는 마을

사람들의 얼굴에 불쾌함이 가득하다.

작년 태백산에 겨울 등산을 갔을 때다. 차가운 겨울바람과 영하의 기온에 온몸이 녹초가 되어 내려왔다. 지친 마음에 버스를 찾았지만 보이지 않았다. 제일 위쪽 주차장은 테마여행이나 기차여행을 온 관광버스로 꽉 차 있었고 제2, 3, 4주차장은 자가용으로 가득했다.

우리가 타고 온 산악회버스는 매표소를 통과해 40여 분 더 내려가서야 찾을 수 있었다. 분통이 터졌다. 많은 인원이 타는 관광버스 주차장을 왜 제일 불편하고 외진 곳에다 만들었을까.

이제서야 그 이유를 조금은 알 것도 같다. 산악회관광버스를 이용하는 인원이 천여 명이 넘는데도 밥을 사먹는 사람은 십여 명이 채 안 되는 것 같다. 비싼 임대료를 주고 세금을 내고 식당을 운영하는 휴게소와 상가 옆에서, 버젓이 자신들이 들고 온 밥과 국으로 음식물 잔치를 벌인다. 술판을 벌이며 큰 소리로 고함치고, 취하면 배설물도 아무 데서나 처리한다.

개업한 집에 가서 장사 잘되라고 팔아 주는 게 아니라 사들고 간 음식만 실컷 먹고 쓰레기와 찌꺼기만 버리는 격이다. 외국인이 우리나라에 여행을 와서 돈은 쓰지 않고 그들 나라에서 가져 온 음식들만 먹고 가버린다고 생각해 보라. 얼마나 야속할까.

음식 맛이 없거나 지방 특산품의 가격이 비싼 게 원인일 수 있다. 식사와 술을 제공하지 않으면 사람이 모이지 않는 사회 분위기가 한몫을 했을 수도 있다. 공룡 같은 대형마트에서 술과 음식물을 미리 사서 여행을 떠나는 게 유행처럼 되었다. 그 덕택에 휴게소와 관광지는 쓰레기와 전쟁 중이다. 음식물 쓰레기가 하루에 11톤 트럭으로 여러 대가 나오는 휴게소도 더러 있다고 한다.

경비 절약을 위해 값싸게 음식물들을 준비하는 게 나쁘다고 할 수는 없다. 그러나 적당한 소비는 경제를 활성화시킨다. 특산물을 구입하는 것도 경기 활성화의 한 방법이다. 그래야 그들도 파생되는 경제적 효과로 생활을 유지할 수 있을 것이다.

각종 엑스포 행사나 국제행사가 많이 예정되어 있다. 우리나라를 방문하는 외국인들도 점점 많아진다. 무질서와 취기가 난무하는 휴게소와 관광지의 모습을 본다면 그들은 어떤 생각을 할까.

안내 산악회 등반대장을 했던 한 친구의 말이 생각난다.

"요새 산악회 회장들 전부 주방장으로 취직했어!"

요즘은 산악회 회장이 국과 밥 심부름을 하지 않으면 사람이 모이지 않는다는 것을 빗대는 말이다. 나도 목하 고민 중이다. 삼십여 년간 산을 사랑한 죄로 주방장이 되어야 할까. 몇 개월간 밀린 사무실 임대료가 지금 나를 유혹하고 있다.

(2010년 산림문화공모전 시 · 수필 부분 입선)

구주산에서 본 일본

이틀간의 일정으로 일본 구주산[九重山]을 다녀오기로 했다. 모든 봉우리의 완전종주는 1박 2일 정도가 소요되나 대다수의 등산객들은 정상을 등정하는 4~6시간여의 등산을 선호한다고 한다. 대표적 등산로는 마키노토(牧の戸峠·1,303m) 휴게소에서 출발, 구쓰카게야마(沓掛山·1,530m)와 구주산(久住山·1786.8m)을 왕복하는 코스다. 중간에 탈출로가 있어 체력에 대한 부담이 없는 것이 장점이다.

이번 산행에는 근 4년여 만에 아내와 딸아이를 대동했다. 초등학교 6학년인 딸아이는 극기 훈련과 화산활동에 대한 공부를 핑계로 이틀간 시간을 내었고, 아내는 특별휴가를 내어 이번 산행에 동참하게 되었다. 국내산이 아닌 일본의 산에 대한 동경은 마치 어릴 때의 소풍만큼이나 설레었다.

부산국제부두에 도착해 승선수속을 마치고 쾌속선을 탄다. 바다를 3시간여 달리니 후쿠오카 하카다 항이다. 버스 속에서 점심을 도시락으로 해결하며 산 입구인 마키노토 휴게소에 도착하니 오후 2시다. 휴게소는 시설이 낡은 오래된 건물이다.

일본인 등산 가이드가 난색을 표한다. 휴게소를 출발 구주산 정상을 왕복하는 코스는 가능하지만, 현재의 시간으로 구주산 정상을 올랐다가 기타센리하마(北千里兵)을 거쳐 초자바루(長者原·약 1,000m)로 하산하기에는 무리라는 것이다. 예기치 못한 난관이라 어찌해 볼 방법이 없다. 하지만 그대로 수긍하고 등산을 나서기에는 자존심이 허락하지 않는다.

약간의 절충이 필요했다. 이천여 미터에 육박하는 산에 대한 무조건적인 경시와 오만은 금물이다. 자칫하면 큰 화를 부를 수도 있다. 그렇다고 등산을 시작하기도 전에 시간을 허비하며 지체할 순 없는 일이다. 먼저 등산을 시작하고 페이스와 상황에 따라 코스를 소설하자고 설득 아닌 간청을 하고 등산에 나섰다.

경사진 시멘트포장길을 700미터 정도 오르니 흙으로 된 등산로가 나타나고 산속으로 본격적인 산행이 시작된다. 저 멀리 산등성이 위로 붉은 철쭉들이 군락을 이룬 모습이 희미하게 보인다. 이따금씩 불어오는 시원한 바람에 실려 오는 유황 냄새가 매캐하다. 아직도 구주산은 화산활동이 활기차게 진행되는 활화산이다.

오전에 비가 내렸는지 국내산보다 등산로가 미끄러워 딸아이가 무척 애를 먹는다. 산자락에 마취목馬醉木이라 불리는 키 작은 철쭉나무가 온 산을 뒤덮고 있다. 구주산에는 세 종류의 철쭉이 피는데 6월 초에 피었다가 중순에 진다고 한다. 꽃이 지고 난 후 10월 말과 11월 초까지는 온 산이 단풍으로 치장되어 또 한 번 절경을 자랑한다고 한다.

용암이 굳어져 만들어진 현무암들이 산등성이에 널려있다. 화산석이 정상부를 이룬 구쓰카게야마를 넘어서자 마치 구름을 타고 구릉을 오르는 것 같다. 날카로운 능선이 길게 이어지는 홋쇼산(星生山 · 1,762m)과 올라야 할 구주산이 멀리서 손짓하듯 부른다. 정상이 가까워질수록 기상이 시시각각 변하고 있음이 눈으로 확인된다. 맑은 시계가 지속되다 어느 순간 운해가 지나가는 걸 보니 바람이 몰아침이 분명하다.

구주산과 아소산阿蘇山은 통틀어 '아소－구주 국립공원'을 이루고, 오오기가하나(扇ヶ鼻 · 1,698m)는 고산식물의 보고다. 평원 끝에 솟구친 구주산 정상은 우람한 청년의 어깨와 가슴을 마주한 듯 웅장하기 그지없다. 평원을 빠져나가는 사이 구주산과 그 왼쪽으로 나카다케(中岳 · 1,791m)가 멀리서 보인다. 구주산 산정이 오랜 세월 동안 최고봉으로 인정받았으나 지금은 바뀌었다. 몇 해 전 재측정 결과 나카다케[中岳]가 4미터 더 높다는 사실이 확인된 것이다.

무인대피소를 지나니 구주산 정상이 눈앞이다. 홋쇼산 북동쪽의

류오우잔[硫黃山]에서 뭉게구름처럼 김이 피어오르고 유황냄새가 온 산을 뒤덮는다. 산을 오르는 사이, 능선 왼쪽에 움푹 파인 곳은 활동이 멈춘 분화구다. 한편으론 한라산 산릉을 오르는 기분이다. 오름처럼 솟은 봉우리들이 곳곳에 있고, 산 아래로 완경사의 산록은 수평선을 향해 끝없이 뻗어나간다.

드디어 구주산 산정, 2시간 40여 분 걸린다던 정상이 2시간 10여 분 만에 자리를 내어준다. 운해가 바람처럼 나타났다가 금방 사라진다. 표지목에 걸린 온도계가 영상 2℃다. 정상은 조망의 명소, 옅은 이내가 낀 상태에서도 주변의 산봉뿐 아니라 서쪽 멀리 아소산 동단의 아코산(根子山)까지 바라보인다.

가이드가 하산을 재촉한다. 미이케[御池]라는 산중호수는 들러보지 못하고 호수가 있다는 왼쪽으론 덴쿠가죠[天狗か城] 암봉이 우뚝하다. 그 뒤편에는 규슈 최고봉인 나카다케가 솟아 있다. 올랐던 길을 300여 미터 되돌아와 대피소 쪽으로 내려선다. 갈림길에서 오른쪽으로 급경사 내리막을 타고 계곡 쪽으로 길을 잡는다.

기타센리하마의 널찍한 평원으로 가는 길이다. 주변의 조망엔 다이센산(大船山 · 1,787m)과 히지다케(平治岳 · 1,643m) 능선이 기운차게 솟+졌다. 이국적 풍경을 배경 삼아 딸아이와 아내가 다녀왔다는 발자취를 남기려 사진을 찍는다.

북천리와 장자원 갈림길에 당도한 시간은 17시 52분, 좌측 약간의 산비탈로 오른다. 전형적인 화산석 지형에 푸르디푸른 하늘과 구름이 산천과 어울려 선경의 도원처럼 다가선다. 능선에 올라서니

대피소처럼 생긴 돌담의 형태에 종 하나가 매달려 있고 앞서 간 몇 사람이 치면서 통과한다. 물론 호기심 많은 우리 딸이 그냥 지나칠 리가 없다.

초자바루까지는 계속 내리막길이었다. 내려서는 길 좌측에는 유황이 피어오르는 화산지대다. 삶은 계란 같은 냄새와 누런 수증기가 피어오르고 있다. 철쭉과 어울린 하늘이 무척이나 파랗고 아름다운 산천의 모습들이 주변에 그림처럼 펼쳐진다. 50여 분 부지런히 내려서니 초자바루 입구다. 등산을 시작한 후 4시간 30여 분 만에 6~7시간 걸린다던 코스를 완주한 것이다. 단 한 명의 낙오자도 없이 등산을 마치고 대기한 버스에 올라 벳푸 온천 풍원호텔에 도착한다.

여장을 풀고 개인시간을 가졌지만 쉽게 잠을 이루지 못했다. 왁자지껄한 인파에 몸살을 앓고 있는 국내의 국립공원과 비교해 4시간 이상을 걸어도 휴지조각 하나 찾을 수 없었다. 산행 중에 만났던 일본의 등산객의 수는 손에 꼽을 정도였다. 산의 지능선 골짜기마다 지나치다고 생각될 만큼 3중 4중의 거대한 사방댐들을 설치해 자연의 재해에 대비한 모습은 솔직히 충격적이었다.

벳푸 온천호텔에는 수많은 국내의 학생들이 수학여행 겸 졸업여행을 와서 북새통을 이루고 있다. 일본의 전통식 기모노를 개량해 만든 옷을 입고 아무런 느낌 없이 웃고 떠드는 그들의 모습을 보면서, 과거 36년 동안의 일제치하를 떠올렸던 것은 지나친 기우였을까.

이튿날 찬란하게 떠오르는 일출을 맞으려 호텔옥상에 올라가 카메라를 들이대었다. 붉게 충혈 되어 솟아오르는 일출의 해가 왜 갑자기 일본의 일장기처럼 각인되는지 참으로 모를 일이었다.

(월간 ≪문학세계≫ 2008년 4월호 수필부문 신인상)

그 섬, 비진도

이른 아침이 밀려오자 새벽이 자리를 뜨기 시작한다. 잠시 후 붉은 기운이 동녘을 달구고 통영항에는 부산함이 넘친다. 하루에 두 번 운항하는 배편 때문에 잠을 절약하고 나선 길이다. 소매물도로 향하는 배편에 의해 비진도 가는 길이 열린다.

설익은 봄이라 그럴까, 그것도 아니라면 찾는 이가 적어서일까. 가장 먼저 이방인을 반기는 건 허름한 화장실이다. 다랑이밭 사이를 지나 바깥 섬 선유대로 향하니 지난여름 폭풍우에 쓰러진 나무 밑둥치에 벌써 새싹들이 움트고 있다. 숨이 턱에 차오를 때쯤 바위 전망대에 도착한다. 출발할 때부터 내내 눈길을 끌던 돌출된 거대한 바위였다.

 파랗게 멍든 바다 한가운데 위 섬과 아래 섬을 연결하는 긴 사주가 보인다. 해풍에 흔들린다는 흔들바위를 지나니 신선들이 노닌다는 선유대다. 일망무제의 조망에 거제도, 한산도, 사량도, 매물도가 차례로 도열한다. 수줍은 듯 불어오는 해풍이 나뭇가지를 간질이고 핑크빛 입술을 내민 진달래가 교태를 부리는 삼월의 말미다.

 봄바람에 마음이라도 흔들렸던 것일까. 그냥 내려서기가 마냥 아쉬워 서남쪽의 해안가가 내려다보이는 바위지대를 찾아 일부러 올라본다. 짙은 상록수림 너머로 파란 바다가 포말을 일으키며 다가들고 짙어진 초록색 숲으로 염소 세 마리가 빨려 들어가는 게 보인다.

 염소가 다니는 길이라면 등산로를 개척해도 되지 않을까. 여유로운 배 시간이 엉뚱한 호기심을 자극해 염소가 들어갔던 소로로 다가간다. 숲 속으로 들자 햇빛마저 점점 인색해지고 스산한 기분마저 감돈다. 괜히 들어왔다는 후회가 밀려들었지만 이대로 되돌아나갈 순 없다. 자존심을 버팀목 삼아 조금 더 진행을 하자 어깨 높이의 드넓은 바위 하나가 앞을 떡하니 가로막고 섰다.

 돌출된 비위 부분을 잡으며 조심스레 올라보니 바로 앞은 천 길 벼랑이다. 까마득한 해안선이 아득하고 강정으로 이뤄진 해식애에 나무와 바위들이 어울려 비경을 연출한다. 업업하게 군락을 이룬 생달나무와 동백나무, 후박나무와 곰솔나무가 아찔한 서커스 같은 풍경으로 진경산수화를 연출한다.

돌아서는 눈길에 무언가 시커먼 물체가 섬뜩하다. 오름길이 급해 주변을 찬찬히 살피지 못한 게 잘못이었다. 방치된 지가 꽤나 오래 된 듯한, 내용물이 하나도 남아 있지 않고 가죽이 말라비틀어진 염 소의 사체가 바위벽에 너부러져 있다. 두상과 뼈의 골격으로 보았 을 때 꽤나 큰 염소였던 게 분명하다.

왜 죽었는지 반문이 오래가지 않았다. 생달나무 사이로 고삐 줄 이 이리저리 얽혀져있고 고삐 줄의 끝부분에 볼록한 매듭이 지어져 있다. 그것이 나무 사이에 꽉 끼워져 빠지지 않았던 것이다. 인간이 편리를 위해서 염소를 몰러 나가거나 이끌기 위해 묶었던 매듭이 오히려 염소를 죽음으로 내몬 단초가 되었던 것이다.

가슴속에서 눈물이 왈칵 쏟아졌다. 염소의 죽음이 슬퍼서가 아니 라 죽음의 과정에서 겪었을 고통스러움과 목마름이 그대로 전해져 와서다. 이리저리 탈출하려던 움직임이 점점 더 목을 옥죄이게 만들었고 급기야는 바위벽 위에 매달리는 형상이 되었던 것이다. 인적이 없어 구원받을 수도 없고 지나가는 염소 또한 그것을 보고서도 전할 수 없으니 그 참담함을 어찌 말로 표현할 수가 있으랴.

코숭이를 넘으니 비진암이다. 암자 주변으로 동백나무가 군락을 이루어 에워싸 있다. 내려서는 돌계단 사이사이에 목이 떨어져 나간 동백꽃이 낭자하다. 한 칸뿐인 법당의 앞마당과 양철지붕에서도 마찬가지다. 빨간 눈에 노란 눈동자의 동백꽃이 마치 살아 있는 것처럼 영롱해 더욱 더 처연하게 보인다.

절정의 극치에서 밤낮없이 목이 떨어지는 꽃을 감당하기 버거웠을까. 그것도 아니라면 가까이에서 죽어가는 생명을 인지하지도 구하지도 못한 죄스러움 때문이었을까. 법당에는 자물쇠가 굳게 채워져 있고 스님은 출타를 하고 없었다.

바깥 섬 한 바퀴를 다 돌아 내려오니 제자리다. 사주가 형성된 해수욕장을 가로질러 안섬으로 가는 고개를 넘으니 내항마을이다. 예전에는 비진도의 가장 큰 마을이었지만 이제는 외부인이 점령해 확장일로에 있는 외항마을에 밀려 그 중심에서 벗어나 있다. 그런데 마을회관 옆에 관심받지 못하는 초라한 비가 하나 보인다. 내항마을 출신으로 6·25와 월남전에 참전했다가 돌아가신 분들을 위로하는 위령탑이다. 그러나 그것마저도 마을 사람들에겐 한으로 남아있다. 정부에서 세워준 게 아니라 1970년도에 '전국 퇴비 모으기 운동'에서 우승한 마을주민들이 그 상금으로 스스로 세운 것이기 때문이다.

비진도의 슬픔을 바다는 알고 있는 것일까. 저녁 무렵이 되자 바다가 빨갛게 충혈되기 시작한다. 말 못하는 미물이라는 이유로, 절정의 극치에서 목이 떨어지는 운명이라는 이유로, 동족상잔의 비극과 가난으로 먼 이국땅에 파병되어 목숨을 잃어야 했던 청년들의 목숨을 바다가 위로하고 있음이 분명하다.

다가오는 배를 타려고 포구에 섰지만 마음이 무겁다. 미처 준비 못했다는 이유로 수많은 주검의 현장을 그냥 지나쳤음이 괜히 미안하고 죄스러운 것이다. 빚진 마음을 갚기 위해서라도 언젠가 꼭 한 번은 다시 비진도를 찾아야 될지도 모른다. 그때는 무슨 일이 있더라도 소주와 막걸리, 명태포는 배낭에 챙겨 넣고 올 것이다.

돌아오는 배 안에서 눈을 감는다. 낯선 이방인들을 거리낌 없이

반갑게 맞아주던 내항마을 회관의 할머니들을 차례로 떠올린다. 여
자들의 수명이 남자보다 길다고는 하지만, 유난히 비진도에 할머니
들이 많다는 건 무슨 이유일까. 많은 세월이 흘렀다지만 비진도의
슬픔은 끝난 게 아니라 아직도 진행 중임을 확인한 하루였다.

설악산과 빨간 내복

성삼재에서 노고단으로 오르는 중이다. 낯선 여자가 웃으면서 자기를 모르겠냐며 홍조를 띠운다. 나이가 들어 매력이 반감되었다지만 내게 스쳐 지나간 여자가 어디 한둘이랴. 그런데 그녀의 얼굴을 보고 과거를 유추해 낸다는 게 그리 쉽지가 않다.

하지만 분명한 건 그녀는 내 스타일이 아니다. 내가 실수했을 가능성이 매우 낮다는 의미다. 잘 모르겠다고 하자 그녀가 섭섭한 표정으로 입술을 삐죽인다. 그러더니 몇 사람의 이름을 대며 그들과 같이 산을 다녔노라고 한다. 자세히 보니 낯이 익은 것도 같다.

그녀의 이름은 미숙이었다. 내게는 이름보다도 '빨간 내복'으로 기억되는 여자다.

그녀를 처음 만난 건 설악산, 신년을 맞아 2박3일로 일출산행을 떠났던 날이었다. 출발 전부터 전국에는 강풍이 불어닥쳤다. 동해안의 주유소 간판이 반파되고 아름드리 소나무가 부러져 도로가에 널브러졌다. 거기다가 때 아닌 겨울비마저 부슬부슬 내렸다. 하지만 걱정이 되지는 않았다. 겨울의 특성상 해발이 낮은 곳은 비가 내리지만 고산인 설악산은 하얀 눈이 내릴 게 뻔해서였다.

관광버스로 8시간, 새벽 2시가 넘어 목적지인 오색리에 도착했다. 밖에는 여전히 비가 내렸지만 우리들은 해발 600여 미터가 조금 넘는 오색약수에서 등산을 시작했다. 오랜 경험에 비추어 조금만 더 오르면 겨울비는 금방 하얀 눈으로 바뀔 거라 확신하면서 조금씩 해발을 높여 나갔다.

새벽이 어둠을 점차 밀어내고 있었다. 그런데 설악폭포를 지나 해발 천여 미터가 넘었는데도 비는 여전히 그치질 않았다. 시간이 흐를수록 알 수 없는 불안감이 엄습했다. 그러나 수습하기에는 이미 때가 늦어 버렸다. 무전기를 준비했다지만 워낙 많은 등산객들이 몰려 우리 팀만을 통제하기는 사실상 불가능했다.

사태가 점점 심각해졌다. 산을 오래 다닌 분들은 철저하게 등산장비를 준비했지만 문제는 초보자들이었다. '가랑비에 옷 젖는 줄 모른다.'고 지금은 비록 올라가는 중이라 옷이 젖어도 몸에서 열이 나 추운 줄 모르지만, 쉬거나 등산로에 사람이 정체될 때는 급격하게 체력이 떨어져 버리는 게 문제였다.

아니나 다를까. 대청봉에는 사람들이 몸을 가누지 못할 만큼 강풍이 몰아치고 있었다. 체감온도가 영하 30도 아래일 정도로 기온이 급강하하고 있었다. 중청대피소로 내려서는데 사람이 날려갈 정도였고, 겨우 이백여 미터를 내려서는데도 귀가 꽁꽁 얼고 옷이 얼어서 꺾어지며 찢어질 것만 같았다.

잠시라도 몸을 녹일 곳이 필요했다. 중청대피소에 들어가 꽉 찬 사람들을 비집자 그 속에는 우리 일행들 몇 분이 오돌오돌 떨고 있었다. 그중의 한 아가씨는 옷이 전부 다 젖어 있었고 입술이 파랗고 자꾸 눈이 감기는 걸로 보아서 매우 위험한 상태였다. 저체온증이 분명해 보였다. 빗물이 몸속에 스며든 데다 찬바람에 노출되어 체온을 급격하게 뺏기고 있었다.

자신은 정작 죽어가고 있는데 당사자인 그녀만 모르고 있었다. 응급조치가 필요했다. 대피소 지하로 그녀를 데리고 내려간 다음, 휘발유버너에 불을 피웠다. 그리고는 그녀가 앉도록 하고 다리 사이에 밀어 넣었다. 따뜻한 물과 라면국물을 억지로라도 먹게 했다. 그것만으로도 미흡해, 함께 등산을 한 일행들을 모아 그녀의 주위를 빙 둘러싸게 한 다음 축축하게 젖은 그녀의 옷을 한 꺼풀씩 차례대로 벗겨냈다.

잠바를 벗기자 밥솥을 연 것처럼 하얀 김이 무럭무럭 피어올랐다. 그 속에 그녀는 남방 한 개와 두툼한 티셔츠를 겹쳐 입고 있었다. 그것마저 다 젖은 것 같아 억지로 벗겨내고 나니 마지막으로 나온 옷이 빨간 내복이었다. 등산을 간다니까 추워서 얼어 죽을지도

모른다고 그녀의 엄마가 억지로 껴입혔다고 했다.

내 배낭을 열어 예비로 준비한 등산 남방과 폴라(polar)로 된 보온의류를 꺼냈다. 일행들을 돌아서게 한 다음 빨간 내복을 벗고 내가 준 예비 옷으로 갈아입을 것을 권했다. 그리고는 그녀의 전신을 주물렀다. 그녀의 체온이 어느 정도 올라올 때까지 시간이 필요해 나머지 분들은 식사를 시작했다. 라면을 끓이고 도시락을 꺼내 아침 겸 점심을 먹으며 배를 채웠다.

산에서는 체력이 관건이다. 설사 현재 배가 고프지 않더라도 체력을 보충하기 위해서는 억지로라도 먹어야 한다. 목적지인 설악동까지는 5시간 이상이 걸리고 많은 체력이 요구된다. 혹시나 하는 생각에 그녀에게 비닐로 된 우의를 입혔다. 옷을 젖지 않게 하려는 게 아니라 체온을 보호하기 위한 조치였다.

그날 설악산은 내가 지금까지 산에

서 느낀 최고의 악천후였다. 신흥사를 지나 매표소로 나가는데 바람이 워낙 심해 똑바로 걸어갈 수조차 없었다. 거기다 그날 밤 우리가 머물던 숙소 인근에 강풍이 불어 전기가 나가버렸고 불까지 나 새벽에 소방차가 출동해 물마저 뿌렸다.

자고 일어나면 새로이 기억되는 것보다 사라지는 기억이 더 많아질 나이다. 내게는 더없이 각별한 추억 속의 그녀를 보고나니 빨간 내복이 다시 떠올랐다. 산을 오르고 내려서는 도중에 간간이 전화로 아이들을 챙기는 걸 보니 시집은 갔나 보다. 너구리처럼 오동통하고 풋풋했던 그녀의 얼굴을 이제야 확실하게 끄집어낼 수 있었다.

해마다 겨울이면 빨간 내복이 생각나곤 했었다. 가난하고 힘든 시절 따뜻한 마음을 확인하고 고마움을 표현하는 내복이어서가 아니었다. 길지 않은 인생에, 인연으로 알게 된 사람을 십수 년이 지나서 다시 만날 확률은 과연 얼마나 될까. 예전의 사람들을 다시 만날 수 있다는 것도 일종의 큰 행복인 셈이다.

참석인원이 적어 금전적으로는 손해지만, 오랜만에 옛 추억에 빠질 수 있어 다행이다. 누가 뭐래도 그날 그녀의 생명을 구한 건 나다. 그러나 그녀는 아직도 그것을 모르고 있는 눈치다. 그렇다고 내 마음이 섭섭하지는 않다. 강산이 변한다는 세월을 넘어 얼굴을 보여주는 것만 해도 참으로 다행이지 않는가.

고리산 시산제

시산제 날이다. 산신께 올릴 제수祭需와 회원들에게 줄 술과 안주를 버스에 싣는다. '좋은 산악회'라는 이미지를 위해 등산양말도 따로 선물로 준비했다. 사십여 명이 넘는 인원이라 비용이 만만찮다. 몇 분의 도움에도 불구하고 나의 주머니에서 팔십 어만 원이 지출되었다.

목적지가 옥천의 '환산'이다. '고리산'이라고도 부른다. '고리'를 한자화하면 환環이 된다. 산자락에는 백제 때의 환산성지와 환산봉수지가 뚜렷이 남아 있고, 무엇보다도 역사와 문향의 고장이라 등산 외에도 또 다른 볼거리를 염두에 두었다. 등산에 앞서 시인 정지용의 생가와 문학관을 들른다. 지척에 육영수 여사의 생가도 복원되어 있어 차례로 둘러본다. 무엇 하나라도 더 보여주고 싶은 열의에서다.

황룡골 입구에서 등산이 시작된다. 솔숲이 있어 공기가 더없이 상큼하다. 해발 사오백여 미터의 능선으로 이뤄진 산이라 체력에 대한 부담이 없다. 그리 높지도 낮지도 않아 누구나 즐길 만하다. 군데군데 하산 길이 있어 산행시간을 조절할 수 있는 장점도 있다. 지루하다 싶으면 이내 나타나는 전망대는 주변 산군을 조망하기에 그만이다.

산을 오르느라 흘린 땀과 소나무가 내뿜는 피톤치드의 영향 탓일까. 찌뿌드드하던 몸이 가뿐하다. 군데군데 탁 트인 전망대에서 휘둘러보는 대청호 조망이 압권이다. 고리산 남쪽을 휘돌아 흐르는 꼬불꼬불한 사행천에 물이 차올라 호수가 되는 바람에 'ㄹ'자 몇 개를 이어놓은 것처럼 좁은 호수가 이어져 더욱 신기하다. 세상 어디에도 이처럼 멋있고 아름다운 호수의 장관은 흔하지 않으리라.

두 시간여의 산행 끝에 정상인 헬기장에 도착한다. 산우들과 어울려 점심을 즐기고 하산을 서두른다. 시산제를 지낼 장소를 물색하고 제수를 차려야 하기 때문이다. 내리막길이 다소 가파르다. 그러나 주변 풍광이 빼어나다. 뼈대처럼 드러난 지능선들이 살아있듯 꿈틀거린다. 최신 등산지도에는 4시간 이상 소요된다고 표시되었지만, 산행시간이 3시간여 정도밖에 안 걸려 조금 아쉽다. 역시 등산지도는 참고 사항일 뿐 맹신해서는 안 될 것이다.

산신제를 시작한다. 회원들이 전원 예의를 갖추고 산신을 맞이한다. 제주인 내가 절을 두 번 하고 축문을 낭송한다. 회원들의 화합과 무사산행을 기원한다. 오늘 참석 못하고 기금 일부분을 찬조한 분들을 위해, 그분들의 사업도 잘되게 해달라고 축문도 살짝 고친다. 회원들도 순서대로 절을 하며 무사산행과 소원을 빈다. 돼지머리의 입과 코, 귀에 돈이 물리고 꽂힌다. 제수와 술로 음복을 하는 것으로 시산제를 끝낸다.

좋은 사람들과 함께한 산행과 시산제라 여흥이 오래간다. 정월보름이 갓 지난 터라 뒤풀이 겸 윷놀이를 하자는 의견이 모아진다. 식당을 예약하고 참석할 사람들은 중간지점에서 먼저 내린다. 나머지 분들을 위해 버스를 종착지까지 운행하고 실려 있던 떡시루 등 시산제에 쓰였던 여러 가지들을 정리해 나의 차에 옮겨 싣는다. 이것저것 짐이 많아 시간이 소요되는데 빨리 오라는 독촉 전화가 몇 번이나 온다. 마음이 바빠진다.

벌써 자정이 넘었다. 윷놀이와 뒤풀이에 빠지다보니 시간이 언제 흘러갔는지 몰랐다. 새벽 한 시가 다 되어서야 겨우 마무리가 된다. 대리운전을 불러 차에 오르니 행사를 무사히 마쳤다는 안도감이 밀려온다. 갑자기 갈증이 난다. 배낭을 찾는다. 마시지 않은 생수와 스포츠 음료수가 생각나서다.

"어!!" 그런데 배낭이 보이지 않는다. 가슴이 철렁한다. 차근차근 몇 번 기억을 더듬어도 기억이 잘나지 않는다. 그러기를 몇 번, 일순 한군데에서 기억이 멈춰진다. 마지막 종점인 법원에서의 일이 떠오른 것이다. 평소에는 배낭을 메고 차를 가지러 가지만, 오늘은 짐이 너무 많아 도로주변 벤치에다 배낭을 올려놓고 차를 가지러 갔던 기억이 난 것이다.

행여나 하는 마음으로 법원 앞으로 간다. 벤치 주변이 티끌 하나 없이 너무 깨끗하다. DSR 고급카메라와 50~200mm렌즈, 등산복과 보온물통, 무전기 4대와 지도책 등, 산에 다닐 때 쓰이는 모든 장비를 다 잃어버린 것이다. 이것저것 금액으로 따지면 무려 사백만 원에 달하는 물품이다. 술기운이 싹 달아나 버린다. 허탈하기 짝이 없다.

뜬눈으로 밤을 새우고 아침을 기다린다. 무전기 배낭 안에는 산악회 전화번호와 휴대폰 번호가 적힌 패찰이 있어서다. 노트에도 명함이 꽂혀있고 버스 앞에 붙이는 산악회 명찰이 있으니 혹시 연락이 오지 않을까 해서다. 무엇보다도 산에 다니는 사람들이 주로 내리는 곳이니 산사람의 양심을 내가 안 믿으면 누가 믿겠느냐고 스스로 위로하고 최면도 걸어본다. 전화기가 고장 났을까. 몇 번이나 확인하고 들여다보아도 연락은 끝내 오지 않는다.

마음을 비우려고 안간힘을 쓴다. 아깝게 생각하고 미련을 둘수록 속이 더 상한다. 무엇이 잘못되었는지 내 자신에게 줄 면죄부가 필요했다. 산신제 준비를 하면서 무슨 잘못을 저질렀던 건 아닌지. 회원들의 무사산행을 기쁜 마음으로 준비하기보다는, 행여나 손해를 볼까 싶어 계산을 대었던 건 아닌지. 감당해야 할 비용이 버거워 회원들의 찬조를 이끌어내고자 부담을 준 건 아닌지.

혹 북소리도 내지 않고 산신을 모시려 했던 것이 잘못일 수도 있다. 산신이라고 무조건 오시란다고 오고 가란다고 갈까. 속은 쓰라리지만 이왕 이렇게 된 것, '사십여 명에 달하는 우리 회원들의 액땜을 미리 한 것이다.' '그래 올해는 꼭 좋은 일이 일어나 사업이 번창할 것이다.'라고 스스로 위안을 삼는다.

액운의 결과는 내년이 되어 봐야 알겠지만 믿으면 이뤄진다지 않는가.

≪수필과비평≫ 2011년 11월호

대단한 것, 무모한 것

그들은 산을 다닌 경력이 30년 이상인 사람들이었다. 모두 다 베테랑이었고 산에 대한 자신감으로 가득 차 있었다. 하지만 낯선 이국땅에서 허망하게 생을 마감해야 했다. 여러 가지 이유야 있겠지만 산을 오르는 덕목인 자연에 대한 경외심과 초심을 잃어버린 탓이었다.

해외산행의 결과는 참담했다. 이십여 명 가운데 네 명이 목숨을 잃었다. 오랜 경륜도 생소한 환경과 악천후엔 별 소용이 없었다. 그들 모두는 전날 고마가네시의 이케야마에서 등반을 시작해 우쓰기다케(空木岳·2,864m)를 거쳐 중간의 '기소도노[木曾殿]산장'에서 1박을 하고 등산에 나섰다고 한다. 산행을 시작할 아침 여섯 시에 비가 내렸지만 심하지 않았고 안개가 조금 낀 상태였다고 한다.

그렇지만 1시간 후 기상은 급변했다. 등산용 스틱이 있어야 간신히 몸을 지탱할 정도로 강한 비바람이 불어닥쳤다. 기능이 좋은 옷을 입었지만 높은 산에다 비에 젖은 옷이라 보온 효과를 기대할 수 없었다. 거기다 안개까지 끼어 시야확보가 10미터가 채 안 되어, 안전한 장소로 대피할 여건도 하산 길을 찾는 것도 불가능했다.

히말라야 트레킹과 일본산에 대한 경험이 무슨 소용이랴. 거대한 자연의 심술에 그들은 나약했다. 그 길은 평소에도 등산로가 험한 데다 표지판 등이 부실해 길을 잃기 쉬운 구간이었다고 한다. 예전에 조난사고가 여러 번 발생했던 지역으로 해발이 삼천여 미터에 육박해 악천후가 상상을 초월했다고 한다.

처음 사고를 접했을 땐 산을 모르는 사람들이 벌인 산행일 거라 짐작했다. 그러나 실상은 달랐다. 그들은 히말라야를 비롯해 해외 트레킹 유경험자들이었다. 그래서인지 일본 중앙알프스 조난사고는 참으로 여러 가지를 되돌아보게 했다. 몇 년 전 술자리에서 있었던 이야기 하나를 떠올린 이유이기도 하다.

그날 국내산행을 전문으로 하는 모 안내산악회 가이드가 화제에 올랐다. 남한에서 네 번째로 높은 덕유산으로 설경산행을 떠났는데, 혼자서 무려 160여 명의 인원을 인솔했다는 것이다. 그것도 원점회귀가 아닌 높은 봉우리 두 개를 넘고 능선을 이어 탄 후 깊은 계곡으로 하산하는 코스였다.

화제를 꺼냈던 지인은 동의를 구하는 듯했다. 자신이 다녀온 산악회와 가이드가 최고로 보이기를 바라는 듯 입에 침이 마르도록 칭찬했다. 그런 그의 이야기를 듣고 있자니 참으로 난감했다. 같이 맞장구를 치며 동조하자니 산에 대해 문외한으로 비쳐질 것 같고, 바른말을 하자니 경쟁사의 산악회와 가이드를 폄하하고 깎아내리는 속 좁은 놈으로 오인될 것 같아서다.

그러나 분명한 건 있었다. 겨울 산, 그것도 해발이 1600여 미터가 넘는 덕유산은 시시각각으로 기상이변이 일어나는 곳이다. 설경산행을 즐기러 갔다지만 엄연한 겨울 산, 만반의 사태에 대비해서 등산에 나서야 한다. 갑자기 폭설이 내릴 수도 있고 바람을 동반한 눈보라가 몰아칠 수도 있다. 그렇게 되면 기온이 급강하하고 가시거리가 채 오 미터가 되지 않을 때가 많다. 앞사람의 모습과 발자국을

따라갈 수도 있겠지만 많은 눈보라에 등산로와 발자국이 금방 파묻히거나 없어질 수도 있는 것이다.

사전 예고도 없이 일어나는 게 조난사고다. 참석한 그들 모두는 어느 누구의 소중한 아버지와 어머니며 아들과 딸이다. 160여 명에 달하는 사람들이 귀한 생명을 한 사람에게 맡기고 산행에 따라나서는 것도 문제지만 행사를 진행한 산악회와 가이드도 무모하긴 마찬가지다. 온몸에 기름을 끼얹고 불속에 뛰어드는 것과 무엇이 다를까

혼자서 백여 명이 넘는 사람들을 산에서 인솔하는 것은 분명 대단하다. 그러나 그것은 어디까지나 결과론, 그날따라 날씨가 화창하고 봄날 같아 다행이었을 뿐이다. 자칫 악천후에 수습할 수 없는 조난사고라도 발생했더라면 그 무모함은 과연 누가 책임질 수 있을

까. 그들 모두는 단지 운이 좋았을 뿐이었고 산악회와 가이드를 칭찬할 일은 절대 아닌 것이다.

삶과 죽음은 결코 멀리 있는 게 아니다. 종이 한 장을 사이에 두고 양면에 삶과 죽음이 동시에 도사리고 있는 것일 수도 있다. 생각과 판단의 차이든, 순간의 선택에 목숨을 담보하는 어리석은 짓은 절대 하지 말아야 한다는 것이다. 그렇게 보면 내가 운영하는 산악회도 마찬가지다. 산행에 서너 명의 가이드가 참석하고 인솔한다지만 그것은 어디까지나 최선이었을 뿐 절대적 안전장치는 아니라는 것이다. 단 한 번도 큰 조난사고가 없었던 것도 따지고 보면 어느 정도 운이 작용했을 뿐이다.

"왜 이런 일이 일어났는지, 정말 안타깝습니다."

일본 '중앙알프스'에 등산 갔다가 조난되어 사망한 한국인 단체 등산객의 항공편 예약 등의 업무를 담당한 여행사 대표의 넋두리다. 출발하기 20일 전쯤 평소에 알고 지내던 한 분에게서 연락이 왔다고 한다. 등산 스케줄까지 미리 짜가지고 와 항공편과 숙박에 필요한 산장 예약, 그리고 버스 임대 업무만 대행해 달라고 부탁을 했다는 것이다. 그분은 일본 항공사에서 근무하다 퇴직한 분이라고 한다.

취급하지 않는 업무였지만 그는 대행을 해 줬다고 한다. 고령자가 많으니 현지에서 돌봐줄 가이드가 필요하지 않겠느냐고 물었지만 그들은 한사코 거절했다고 한다. 모두가 산악전문가라 오히려 비용만 많이 들고, 매년 그 산악회에서는 중앙 알프스를 등반해왔다고 말을 했다는 것이다.

중앙알프스에서 일어난 조난사고의 결과는 대단한 것과 무모한 것의 차이를 실감나게 한다. 삶과 죽음이 결과론이듯이, 어떤 일을 행함에 있어 원하는 것을 이루고 못 이루고의 차이만 존재할 뿐이다. 모진 악천후를 뚫고 참석한 인원 모두가 무사했다면 대단한 산행으로 기억되겠지만, 불행하게도 사고가 나 귀중한 생명을 네 명이나 한꺼번에 잃었기에 무모한 산행이 되고 말았던 것이다.

여름산행에도 적용되는 악천후는 겨울 산에서는 더 빈번해지는 법이다. 그렇다고 모든 것이 반드시 정도로 흘러가는 것은 아니다. 여전히 그 산악회는 사람들이 많아 승승장구하고 우리 산악회는 사람이 없어 쩔쩔매고 있으니 말이다. 그러나 길흉화복은 변화가 많아 예측하기 어렵다는 것을 다시 한 번 확인한 날이기는 했다.

그날 이후, 오늘까지

삭막했던 능선이 연두색 봄옷으로 갈아입던 계절이었다. 괴산 칠보산으로 들었다. 망바위에서 등산을 시작해 맑은 계곡을 건너 싱그러운 나뭇잎의 환대를 받으며 능선으로 치고 올랐다. 5부 능선에 다다랐을 때 산이 본모습을 드러냈다. 우락부락한 바위의 근육들이 원초적 힘을 과시했고 가파른 바윗길이 코앞으로 다가들었다.

첫 번째 바위 봉을 넘자 산이 허리를 접은 안부였다. 거친 숨소리가 잦아들 즈음 비명소리가 건너편 바위 봉우리에서 들렸다. 뒤이어 바위가 굴러떨어지는 굉음이 뒤쪽에서 연속해서 들리는 것이다.

사고를 직감하고 소리가 들린 곳으로 뛰었다. 등산로가 있던 바위 절벽 아래로 한 남자가 떨어져 있었고, 그 밑에 아찔한 낭떠러지가 저승사자처럼 입을 벌리고 있는게 보였다.

안전한 곳으로 그를 옮기는 게 급선무였다. 선두로 치고 나갔던 가이드들에게 무전기로 급박함을 알리고 휴대폰으로 119 센터에 신고해 구조를 요청했다. 구조대가 오고 있는 동안 그를 안전한 곳으로 옮기기로 했지만 그의 덩치가 커 절벽 위로 끌어올리는 데 많은 시간이 소요되었다. 행여 척추라도 다쳤을까 염려되어 더욱 조심스러웠다.

그날따라 전국에는 동시다발적으로 많은 산불이 일어났다. 두 시간이 넘어서야 구조대가 도착했는데 괴산이 아닌 증평의 119대원들이었다. 위급한 상황이라 가파른 절벽 아래로 자일을 걸며 그를 내렸다. 허벅지와 발목, 엉덩이 부분의 옷들이 터질듯이 팽창해 있었다. 위험한 상황이라 증평에서 대형 종합병원이 있는 청주시로 다시 이송이 되었다.

병원에 도착해 먼저 뼈 사진을 찍었다. 하늘의 뜻이었는지 그는 세 번에 걸쳐 사십여 미터를 추락하고도 기적적으로 살아났다. 1차 추락 때 오른쪽 엉덩이뼈가 박살이 났고, 2차 추락 때 왼쪽 발목이 부러지면서 머리와 척추를 다치지 않아 하반신마비를 면할 수 있었다. 수술이 급박했지만 연고지가 아니어서 그와 부모님들이 거주하는 대구로 옮기기로 했다. 사촌누나가 수간호사로 있다는 경대종합병원에 수술을 예약했다.

그의 전신을 반 깁스 한 다음 구급차량을 이용해 대구로 출발했다. 천안휴게소에서 잠시 들렀다가 운전사 옆자리로 옮겨 앉았다. 대구의 도심을 잘 모르는 기사의 요청에 의해서다. 그날따라 왕복 4차로의 경부고속도로는 수많은 차량들이 넘쳐났다. 민간인 구급차라 그런지 차들이 잘 비켜주지 않는 게 문제였다.

그러던 중 앞에서 달리던 고속버스가 갑자기 2차로에서 1차선으로 끼어들었다. 뒤따르던 구급차도 같이 끼어드는 순간, 갑자기 고속버스가 속력을 줄였다. 구급차도 같이 급하게 브레이크를 밟아 겨우 충돌을 면했다고 생각한 순간, 1차로에서 주행하고 있던 관광버스가 구급차를 뒤에서 사정없이 들이박았다.

고속버스와 관광버스 사이에서 구급차가 샌드위치가 되었다. 응급침대에 누워있던 그가 날아왔고 구급차의 앞뒤가 찌그러져 자칫했으면 무릎이 불구가 될 뻔한 사고였다. 남들은 평생에 한 번도 일어나기 어려운 사고가 그에게는 하루에 두 번이나 일어난 셈이다. 왜관 119에 구조가 되어 대구의 경대병원으로 이송이 되었다.

다섯 시간에 걸친 대수술이었다. 사고를 전해들은 산악회 회원들이 적지 않은 성금을 모았고, 그는 5개월여의 투병 끝에 정상인들처럼 일어설 수가 있었다. 유일한 상흔이라면 자세히 살피지 않으면 모를 걸음걸이뿐이었다.

그의 사고는 많은 사람들에게 회자되었다. 온통 바위가 절벽을 이룬 곳에서 오십여 미터를 추락하고도 살아났다는 것이 기적이었다. 그래서인지 많은 사람들이 그가 살아난 원인으로 신앙을 꼽았다. 삼천배를 마다하지 않을 정도로 지극정성의 불교신자라 부처님의 가호가 있었을 거라고 했다.

그러나 과연 그것이 전부였을까. 시간이 지나 곰곰이 생각해 보니 그의 생명을 구한 건 다른 데에 있었다. 어렵게 구입했던 무전기와 휴대폰 덕이었던 것 같다. 사고가 일어난 순간부터 신속하게 가이드와 교신을 했기에 그를 끌어올릴 수 있었고, 휴대폰으로 119에 구조요청을 했기에 그의 생명을 살릴 수 있었던 것이다.

그 당시 매우 궁핍한 살림을 살고 있을 때였다. 물려받은 재산도 없는데다 안내등산을 직업으로 선택해 보증금 팔백만 원의 전세 단칸방에서 생활하고 있었다. 지금이야 등산객들이 많아졌고 등산로가 잘 정비되거나 안내판이 설치되어 있지만 그때는 달랐다. 등산 정보를 얻기도 어려웠고 정보가 미흡해 산악회를 운영하려면 무전기와 휴대폰은 어쩌면 당연한 필수품이었다.

하지만 무전기와 휴대폰은 언감생심이었다. 거기다가 무전기는 한 대만 구입해서는 소용이 없는지라, 세 대 이상을 구입해야만 선두와 중간, 후미가이드가 통솔을 하고 위급상황에 대처할 수가 있었다. 휴대폰이야 더 말해 무엇 하겠는가. 망설임 끝에 무전기 네 대와 휴대폰을 구입하는 데 삼백만 원 가까운 돈이 들었고, 그것은 고스란히 빚으로 남았다. 그런데 진짜 견디기 어려웠던 건 다른 데 있었다. 가진 것도 없으면서 비싼 휴대폰을 구입했다고 겉멋만 든 한심한 놈으로 비쳐졌던 것이다.

추석 안날, 어김없이 그의 목소리가 휴대폰에서 들린다. 그날 이

후 오늘까지, 그는 단 한 번도 설날과 추석, 복날을 빠뜨린 적이 없다. 강산이 두 번이나 바뀌었지만 아직도 변함없이 나를 찾아온다. 그의 손에는 술이나 과일이 들려 있고 활기찬 목소리로 안부 묻는 걸 빼놓지 않는다.

은혜를 모르면 인간이 아니라고들 한다. 그러나 세상이 어디 그런가. 아무리 큰 은혜를 입었다 해도 쉬이 망각해 버리는 게 보통의 우리들이다. 자신을 낳아주고 키워준 부모도 돈이 없으면 쉽게 버리는 세태고 보면 누구를 탓할 일도 아니다. 하긴 하루라도 보지 않으면 죽고 못 산다는 남녀의 사랑유효기간도 겨우 삼십 개월 미만이라 하지 않던가.

그가 두고 간, 아내의 머리만 한 큰 배를 깎는다. 언제까지 그의 마음이 이어질지 모르겠지만 생명의 은인으로 알고 진심으로 고마워하며 흘러가는 세월을 놓지 않는 그가 고맙다. 올 추석에는 그가 사온 배를 차례 상에 올려야겠다. 그의 환한 미소가 떠오르자 나도 모르게 가슴 한쪽이 점점 따뜻해져 옴을 느낀다.

꽃무릇

　　그 꽃을 처음 본 곳이 포은의 유허지다. 그가 태어
나고 자란 마을에 누군가가 운명처럼 심어 놓았는지 모른다. 무리
지어 핀다고 '꽃무릇', 또는 석산石蒜이라고 부른다. 어떤 이들은 상
사화라 부르기도 하지만 꽃무릇과는 엄연히 다르다.
　그렇다고 공통점이 없는 것도 아니다. 수선화과에 속하며 하나의
뿌리에 꽃과 잎이 자라지만 평생을 두고 만나지 못한다는 것이 똑
같다. 꽃대가 먼저 올라와 꽃을 피우고 꽃과 꽃대가 사그라진 자리
에 잎이 올라와 자라는 게 꽃무릇이라면, 잎이 먼저 올라와 자라고
잎이 진 자리에 꽃대가 올라와 꽃을 피우는 게 상사화다.

포은의 불꽃같은 생애가 꽃무릇을 불러들였을 수도 있다. 작은 바람에도 흔들리는 꽃대가 고려였다면 포은은 절정의 꽃이었고, 꽃대와 꽃이 사그라진 자리에 새로 돋아난 잎은 조선이 아니었을까. 고려의 국운이 풍전등화일 때 포은은 정적 이성계 일파의 손에 희생이 되었다. 철퇴를 맞은 포은의 머리에선 붉은 선혈이 뿜어져 나왔고 그대로 꽃무릇으로 승화되었는지도 모를 일이다. 꽃의 화피와 꽃술이 여섯 개라 그랬을까, 포은의 나이 66세, 공양왕 4년 4월 4일의 일이었다.

가을의 서곡이 운율을 타며 산하로 스며드는 9월이면 꽃무릇은 지천으로 피어난다. 그 대표적인 곳이 영광 불갑사와 함평 용천사, 그리고 고창 선운사다. 뙤약볕 아래서 쑥쑥 자라는 연두색의 꽃대에 붉은 열기가 차오르고, 일시에 하늘을 향해 선홍빛 핏빛으로 확 터트리면 그대로 꽃이 되어 장관을 이룬다.

오늘도 그 꽃을 확인하러 영광 불갑사로 들었다. 산자락에 들기 전부터 일렁이는 꽃들은 물결이 되고 일주문에서부터 정점으로 치닫는다. 차량으로 네 시간, 장거리 여행의 여독도 일시에 확 달아간다.

그런데 불갑산의 표정은 그리 밝지 못하다. 무슨 이유일까, '슬픈 기억', '슬픈 추억'이라는 꽃말 때문일까. 예전에 이곳 일대는 대규모의 빨치산 집결지, 그 수가 삼만여 명에 달했다. 해방 이후 나라는 거대한 이념의 소용돌이에 빠져들었고 소수의 특권층에 다수의 빈민층이 학대받는다는 생각이 팽배해 상실감에 젖은 수많은 사람들이 너도나도 산으로 몰려들었다. 그들을 빨치산이라고 불렀다.

대부분의 백성들은 밤과 낮을 시달려야 했다. 밤이면 빨치산의 세상이 되었고 낮이면 경찰과 국군의 세상이 되었다. 밤에는 지서에 공조했다는 이유로, 낮이면 빨치산에 동조했다는 이유로 무자비한 총살이 자행되었다.

울창한 숲과 어우러진 최고의 꽃무릇 군락지는 동백골. 동백나무가 많다고 붙여진 골짜기지만 해불암과 구수재 갈림길까지는 평탄 한 길이다. 천연기념물로 지정된 참식나무 군락지는 불갑사의 정운스님이 인도에서 공부를 마치고 돌아올 때 그곳 공주가 이별하면서 준 나무 열매가 자란 곳이다. 꽃과 나무, 사람들이 모두 다 못다 이룬 사랑 이야기를 품어서일까. 고즈넉한 분위기에서서 피어나는 꽃무릇들이 애달프고 구슬프다.

영광과 함평의 경계 구수재에 오른다. 여기서부터 마지막 힘을 보태야만 모악산의 정상 용출봉이다. 꽃의 군무에 잠시 주춤했던 땀이 온몸으로 흐르고, 산정에 불어오는 산바람이 땀을 훔쳐낸다. 나무계단 길을 삼백여 미터 내려서니 한우재, 영산기맥의 마루금을 버리고 늘어진 밧줄의 부축을 받으며 왼쪽의 작은 능선으로 내려선다.

정자를 만나는 곳에서 왼쪽 산자락으로 접어든다. 어두침침한 산속에서 한국의 100경에 빛나는, 40여만 평에 달하는 용천사 꽃무릇의 백미를 만난다. 그러나 기쁨도 잠시, 알 수 없는 숙연한 분위기가 한국전쟁의 아픈 기억을 들춰내고야 만다. 한국전쟁 이듬해 1월, 이곳에선 대규모의 빨치산 토벌 작전이 벌어졌다. 총알이 빗발치고 선홍빛 핏방울들이 파란 하늘에 피어올랐다. 시신이 쌓이고 계곡 아래로 피가 흘러 내렸다. 죽은 사람만 일천여 명, 그중엔 수많은 여자와 어린아이들이 있었다.

초근목피로 목숨마저 연명하기 어려운 세상이었다. 좌익과 우익이 무슨 소용일까. 배불리 먹고자 한 것이 죄가 되어 죽을 수밖에 없었다. 급격한 한기에 온몸이 몸서리쳐지자, 비로소 발에 밟힐 듯 꽃은 지천으로 피어났지만 향기가 없음을 알게 된다. 억울하게 죽어간 수많은 영혼들이 무언의 항의로 적의를 드러낸 것인지도 모른다. 갑자기 비마저 내려서인지 꽃술에 이슬처럼 맺힌 빗방울들이 마치 피눈물처럼 보여 처연하기만 하다.

그날로부터 적지 않는 세월이 흘렀다. 누가 어떤 의도로 꽃무릇을 심었는지 알 수 없지만, 조잡한 모형소총이 걸리고 총알의 흔적이 새겨진 총알바위가 그날의 참상을 애써 재현하고 있다. 천년의 역사를 간직했던 용천사도 6·25때 불타버렸고, 의연한 석등만이 아직까지 남아 그날의 비극을 기억하고 있을 뿐이었다.

용천사를 내려오니 축제가 열리고 있다. 떠들썩한 음악 소리에 노래와 춤이 이어진다. 수많은 세월이 흘러도 변하지 않는 이기주의는 이곳에서도 존재한다. 모두가 힘을 합쳐 치러야 할 축제마저도 편 가르기를 하는 사찰과 행정이 눈살을 찌푸리게 만든다. 지능선 하나를 사이에 두고 똑같은 꽃을 가지고서도 한쪽에서는 상사화 축제를, 다른 한쪽에선 꽃무릇 축제를 연다.

꽃무릇을 볼 때마다 떠 올리는 붉은 선혈이다. 수많은 죽음이 연상되는 이유기도 하다. 그래서 '저승에 피는 꽃', 또는 '귀신을 부르는 꽃'이라고 부르는가 보다. 그러나 다른 한편으론 '다시 피는 꽃', '부활화'로 예찬하는 게 그나마 다행이다. 보는 관점에 따라 그 의미가 다르게 해석되고 달라진다는 걸 우리들에게 몸소 가르치고 일깨우는 게 아닐까.

하나의 뿌리에 꽃과 잎이 양분되어 일생을 두고 만나지 못하는 것은 슬픈 일이다. 그러나 그것 또한 꽃의 운명이며 안배가 아닐까. 따로 나고 자라서 꽃과 잎을 피운다는 건 오래도록 사람들에게 기쁨을 주고, 보고 즐길 수 있도록 해주려는 것은 혹 아닐까.

어비산에서

　　망연자실하다. 어처구니가 없고 기가 막힌다. 지푸라기라도 잡고 싶은 마음에 올라오는 사람들에게 물어보지만 대답은 공허하다. 하긴 어디서 흘려버렸는지도 모르는데 잃어버린 지갑을 찾기가 그리 쉬울까. 애써 마음을 진정시키며 지나온 과정을 되짚어 본다.

　　처음부터 얕보고 덤빈 산이라 죄를 받은 것인지도 모른다. 팔백여 미터가 조금 넘고 지도상엔 이름조차 없어 만만하게 보았을 수도 있다. 산의 이름은 어비산魚飛山, 북한강과 남한강 사이에 있던 산자락이 장마철에 폭우에 잠기면 계곡에 숨어있던 물고기들이 본

능적으로 산을 넘어 한강으로 날아갔다고 붙여진 산 이름이다.

가일리 어비산장 앞에서 산에 들었다. 소나무와 참나무의 싱싱한 잎들이 초록의 반가움으로 맞아주었지만 가파른 오름길이 온몸을 땀으로 흥건하게 만들었다. 하늘은 잔뜩 찌푸려져 있었고 급기야는 안개구름이 산자락을 더듬자 숨어있던 빗방울들이 조금씩 땅으로 떨어졌다.

사진 찍는 걸 포기하고 카메라를 배낭 안에 넣었다. 바지 뒷주머니에 들어있던 지갑과 회원들에게 받은 참가비도 배낭덮개 주머니에 넣었다. 방수복을 입었다지만 오래되어 비가 스며들고, 더운 날씨라 온몸이 땀으로 젖을 게 염려되어서다.

산을 조금 오르려니 몇 분이 시원한 막걸리를 즐기고 있었다. 인심이 후한지 어디서 왔느냐며 한 잔의 술을 권한다. 술이라면 자다가도 벌떡 일어나는 체질이라 오는 정을 거절하기가 어려웠다. 살얼음이 떠 있는 막걸리라 빗속에서 허연 김을 내뿜는다. 오는 정이 있으면 가는 정도 있는 법, 배낭에 씌웠던 방수 커버를 벗겨내고 배낭 안에 든 자두 몇 개를 꺼내 답례 삼아 그들에게 건넸다.

오름길이 턱밑까지 들이밀었다. 거친 숨이 바닥까지 닿을 지경이었지만 이따금씩 불어오는 바람에 한 뼘의 조망이 열렸다. 봉화대에서 잠시 숨을 돌리고 마지막 전망대인 부엉바위까지는 단숨에 올랐다. 아름드리 소나무엔 부엉바위 팻말이 목줄처럼 걸려 있고, 동편의 절벽은 하얀 운해로 그 끝이 보이지 않았다.

지나가는 시원한 바람에 흰 구름들이 잠시 걷힌다. 열린 조망 사이로 보이는 전경이 어찌나 아름다운지 카메라를 꺼내고자 배낭 덮개를 열었다. 그런데 순간 땅바닥에 오만 원권 지폐와 만 원짜리 지폐가 떨어져 있는 게 아닌가.

웬 돈일까, 궁금증이 사라지기도 전에 배낭덮개의 주머니가 열려 있는 게 보였다. 덮개주머니의 지퍼가 열려있어 바닥으로 숙여지자 안에 들었던 내용물들이 한꺼번에 쏟아져 내린 것이다. 그것도 모르고 순간적이지만 횡재를 했다고 생각했으니 삼십여 년 이상 산을 다닌 보람도 도로 나무아미타불이 되고 만 것 같다.

그런데 가만!! 무엇인가 허전하다. 응당 들어 있었어야 할 지갑이 보이지를 않는 것이다. 가슴이 철렁, 두 번 세 번을 확인해도 마찬가지다. 엄습해 오는 불안감을 애써 진정시켜 보지만 별무 소용도 없다. 하필이면 그저께 많은 현금을 지갑에 넣어 두었던 것도 생각났다. 신분증과 신용카드도 자꾸만 눈앞에 어른거렸다.

막걸리를 얻어먹고 자두를 꺼내면서 배낭덮개의 지퍼를 잠그지 않았던 것이다. 진한 후회와 아쉬움이 밀려온다. 산행을 진행하기가 찜찜해 포기를 하고 내려서기로 마음을 굳힌다. 그래도 찾는 데까지는 한번 찾아보기로 한다. 그래야 내 마음도 어느 정도 진정될 테니까 말이다.

내리막길이라 뛰는 발걸음도 저절로 빨라진다. 가파른 등산로가 일순간에 확 줄어든다. 그러나 막걸리를 마셨던 장소에 도착했지만 일말의 기대는 산산조각 나 버린다. 온몸은 물먹은 솜처럼 축 처져 버리는데도 마음은 쉽게 포기가 되지 않는다.

나무의자 두 개가 놓여 있는 쉼터까지 내려선다. 하산지점이 다 되었다고 생각되었던지 다섯 명의 남녀가 소주잔을 기울이고 있는 게 보인다. 행여나 하는 마음에 지나가는 말투로 슬쩍 말을 걸어본다.

"혹시, 내려오시다가 지갑 하나 못 보셨는지요?"

멀뚱하게 서로의 얼굴을 쳐다보더니 그들 중 한 명이 호주머니에서 뭔가를 꺼낸다.

"내려오다 주웠는데 혹시 이것이 맞나요?"

그가 쥐고 있는 것은 내가 그토록 찾고 싶어 하던 지갑이었다. 구세주가 따로 있을까. 너무도 고맙고 기뻐서 작은 성의라도 표시하려하자 그들이 한사코 거절한다. 오히려 마음고생이 심했을 거라며 소주 한잔을 권한다. 그토록 무거웠던 몸과 마음이 어느새 활력으로 가득 차 버린다.

등산을 다시 시작했다. 어비산을 넘고 유명계곡으로 하산해 산행을 무사히 마쳤다. 장대 같은 비가 엄청나게 내렸는데도 기분은 왠지 상쾌했다. 아마도 어비산의 산행기점이자 날머리 '선어치鮮魚峙 고개'의 영향인지도 모르겠다. 한강에서 고기를 잡은 신선이 고개를 넘다가 잠시 쉬고 있을 때, 갑자기 잡힌 물고기들이 선선해졌다고 싱싱할 鮮(선)자에 고기 魚(어), 고개 치(峙)를 써서 선어치고개라 부른다고 한다. 그런 연유 때문인지 갑자기 내 몸과 마음도 덩달아 선선해지는 느낌이다.

삼십여 년 산을 오르내리면서 적지 않은 지역을 돌아다녔다. 크고 작은 일들을 겪었지만 산행을 마치고 돌아가는 내내 가슴 한쪽이 이토록 따뜻해 본 적이 있었던가. 고맙고 감사한 마음을 거절한 그들이라, 명함을 받아들고 왔지만 언제 보답할 수 있을까. 조금 늦은 감은 있지만 이 한 편의 글로서 그들에게 고마움을 전하고자 한다. 부디 보잘 것 없는 이 마음이 그들에게 전해지기를 소원한다.

삭막하고 각박한 세상이다. 적지 않은 현금과 카드가 든 지갑을 그리 쉽게 내놓기는 어렵다. 거기다가 금전적 사례까지 거절하지 않았던가. 그것을 알고 있기에 그 고마움이 더욱 더 가슴속에 남아 울림으로 작용하는지도 모른다.

4

쥐다래나무

꽃이 절정일 때
흰 부분 잎 꼭지를 분홍색으로 덧칠하고 향기를 내뿜어
더 많은 벌과 나비가 찾아들도록 만든다.
열매를 맺게 하려는 나무의 노력이
엄마의 헌신처럼 눈물겹기만 한 것이다.

봉곡사의 소나무

　　칠십여 년의 세월도 어쩌지 못했나 보다. 봉곡사
의 노송에는 아직도 슬픔이 가득하다. 거친 수피가 감싸고 있는 허
리쯤에 'V'자 모양으로 움푹 파인 상처가 아물지 않고 있다.

　겨울바람에 드러난 소나무의 속살이 창백하다. 나무라고 제 살이
찢겨나가는 고통을 못 느꼈을 리 없다. 안간힘을 다해 억지로 고통
을 삼켰는지 상처 뒤쪽이 곱사등처럼 부풀어 올랐다. 자신의 상처
를 치유하려는 마음마저 접은 것은 아닐까. 송진마저 분출되지 않
는 흉터가 안쓰럽다. 두 손으로 어루만져보니 소름처럼 돋아나는
기억 하나에 마음이 짠해진다.

사십오 년도 더 지난 일이다. 논일을 하던 어머니가 갑자기 주저 앉으셨다. 아픔을 참고 일을 하시다가 급기야 쓰러지신 것이다. 사람들이 집으로 부축해 왔다. 어머니는 고통을 어금니로 깨물면서 비명조차 지르지 않았다. 아프다는 곳을 살펴보았다. 오른쪽 엉덩이 부분에 피부가 시커멓게 짓물러져있고 큰 종기가 나 있었다. 누군가가 불에다 소독한 나무 침으로 살짝 찌르자 누런 고름이 뿜어져 나왔다. 어린아이의 오줌줄기 같았다.

입원을 해야 했다. 엉덩이 뼈 관절염이었다. 일찍 치료를 받지 않아 뼈와 살이 곪을 대로 곪았던 것이다. 수술을 하고 두 달 정도 치료를 받았지만 별 차도가 없었다. 얼마나 걸릴지 몰라 집으로 모셔와 장기간의 치료에 들어갔다. 용하다는 의원들이 다 다녀갔지만 호전될 기미는 보이지 않았다.

어느 날이었다. 지금은 생선 장사를 하고 있지만 예전에 의사였다는 분이 찾아오셨다. 병세를 살피고 난 다음 그는 피마자기름과 송진으로 만든 고약을 처방해 주었다. 피마자는 씨에 얼룩무늬가 있어 '아주까리'라고 불리는데, 재배해서 씨로 기름을 짜 등불이나 약으로 쓰이는 것이고, 송진은 나무가 상처를 입었을 때 분비되는 끈끈한 액체로 깨끗한 것은 무색투명하나 시간이 지나면 굳어서 희뿌옇게 변한다. 다행이 쉽게 구할 수 있는 것들이었다.

온가족이 고약 만들기에 나섰다. 송진을 채취하고 피마자기름을 짰다. 깨끗한 용기에다 넣고 섞은 다음, 며칠간을 펄펄 끓이고 달였다. 이물질이나 불순물이 떠오르면 걸러 내기를 반복했다. 달이는 시간과 횟수가 더해질수록 무색 액체이던 것이 점차 검은 고약으로 변해갔다. 약재에다 정성을 합하여 사흘이 넘도록 끓였을까. 고약이 완성되었다.

고약을 조금 떼어내어 납작하게 만든 다음 진물이 나오는 종기부위에다 붙였다. 종이로 감싸고 반창고로 고정했다. 처음에는 딱딱하지만 체온에 약이 녹아서 피부에 착 달라붙었다. 하루에 두 번씩 갈아 주기를 반복했다. 며칠이 지나자 종기가 났던 부위에 누렇고 하얀 염증이 배어 나오기 시작했다. 관절주변에 고인 염증을 약이 빨아내는 것이 분명했다. 짓물러졌던 살이 점차 붉게 변하고 새 살이 조금씩 돋았다. 몸을 조금씩 움직이기 시작하더니 3개월 정도가 지나자 정상인들처럼 걸을 수가 있게 되었다. 눈으로 보면서도 믿을 수 없는 기적이었다.

그즈음에서야 어머니의 한을 알았다. 가난을 덜려고 일찍 결혼을 했으나 실패를 했고, 딸 둘에 아들 하나를 두고 상처한 아버지에게 아들 하나를 데리고 재취로 시집을 오셨다. 그리고 누나와 나를 낳으셨다. 한번 실패한 결혼은 두고두고 주홍글씨였다. 그러나 줄기가 다른 형제들이 화목하기는 쉽지 않았던지 어머니가 데리고 온 아들이 죽었다. 어머니의 마음이 오죽했겠는가. 그렇다고 그 한을 누구에게 풀어 놓을 수 있었겠는가. 혹여 그 주홍글씨가 우리 남매에게 짐이 될까봐 온몸이 부서져라 일만 하시지 않았을까.

어머니가 완쾌되기도 전에 또 다른 불행이 덮쳤다. 두 번에 걸친 형님의 사업실패로 집안이 기울었다. 누나와 내가 중학교에 들어갈 입학금조차 대기가 어려워 어머니는 산에서 아까시 열매를 채취하고 잔디 씨를 훑어서 팔아야만 했다. 그 덕택으로 나는 고등학교에 진학할 수 있었다. 그러나 불행은 불행을 몰고 다닌다고 했던가. 산속에서 비를 만나 감기에 걸리신 어머니는 그마저도 모른척하고 일만 하셨다. 감기는 급성 폐렴으로 악화되었다. 그 몸으로 차례준비로 송편을 빚다가 피를 토하고 떠나셨다. 나는 고등학교 1학년이었다.

겨울이 되어야 솔이 푸른 줄 안다고 했던가. 삼십대에 부모가 되었고 사십대에 학부모가 되었지만 나는 그동안 몰랐었다. 참 부모란 어떻게 해야 되는 것인지. 그러다 오늘 봉곡사의 노송을 보고나서야 비로소 깨단해지는 것이다.

노송, 그 깊은 상처에서 손을 거두고 숲으로 난 길을 천천히 걸어본다. 바람은 고요하고 솔잎 밟는 소리가 아늑하다. 싸한 공기가 나를 감싼다. 심신이 시원해지고 맑아진다. 견딜 수 없을 것 같았던 고통도 무덤덤하게 받아내고 영욕의 세월을 인내한 소나무가 뿜어내는 향기가 나에게 닿은 것이리라.

어둠이 내려앉는다. 숲은 서서히 잿빛이 되어간다. 못내 아쉬워서 노송들을 돌아본다. 어머니의 모습은 떠오르지 않고 대신 그 자리에 아내의 모습이 선연하다. 우선에 눈앞이라고 삼십여 년 동안 뵙지 못했으니 어느새 그 모습이 잊힌 것은 아닐까. 어쩌다 사진 한 장도 간직하지 못한 이 불효를 어찌 용서 받을까.

이제 나도 인생 중반을 넘었으니 살아갈 날이 더 적을 것이다. 그래서 그럴까. 근래에는 가리는 음식이 많아지고 잘 꾸지도 않던 꿈도 자주 꾼다. 이런저런 생각에서 오는 피로감 때문인지 돌아오는 버스에서 깜박 잠이 들었다. 중년을 넘은 딸아이가 힘들고 외로워서 울고 있다. 깜짝 놀라서 깨어나니 꿈이다. 온몸이 식은땀으로 흠뻑 젖어있다.

문득 소망 하나가 뚜렷해진다. 훗날 제 어미만큼은 꼭 딸아이를 오래오래 지켜보도록 해주고 싶다. 언제까지나 딸아이의 안식처가 되어 주었으면 좋겠다. 살아서 곁에 있어주는 것보다 더 큰 힘과 위안은 결코 없을 테니까.

"야야! 괜찮다. 다 잘될 거다. 너는 어떡하든지 몸만 성해라."

마지막 가시는 순간까지 나를 걱정하시던 어머니의 목소리가 간절하게 그리운 날이다.

(대구수필과비평, 2012년)

버려진 꽃바구니

이른 아침, 등산을 떠나기 위해 아파트 현관문을 나선다. 부지런한 관리실 아저씨가 벌써부터 청소를 하느라 분주하다. 그런데 음식물 쓰레기와 재활용품을 버리는 통 위에 못 보던 꽃바구니 하나가 버려져 있다. 내용물 대신, 누군가가 골판지를 찢어 까만 매직펜으로 글씨를 써 놓았다.

"야! 이놈아 너도 참 불쌍하구나. 너는 커다란 기쁨을 주었는데 그들은 너를 야밤에 개차반처럼 버렸구나!"

아파트 주민 누군가가 재활용 용품이 아닌데도 쓰레기봉투에 넣지 않고 그냥 몰래 버렸던 모양이다. 마음이 상한 경비 아저씨가 무언의 항의로 위트와 유머가 섞인 글을 일부러 적은 것이다. 그런데 갑자기 버려진 꽃바구니와 글씨가 쓰여진 골판지에 왠지 가슴이 먹먹해진다.

생각하는 것만으로도 가슴 한쪽이 아리다. 그동안 잠시 잊었다는 사실 하나만으로도 마치 큰 죄를 지은 기분이 들어서다. 외동아들로 일흔아홉이란 세수를 누렸던 그분은, 머슴 둘을 데리고 농사를 지으실 만큼 부자셨다. 결혼을 해 아들 하나와 딸 둘을 얻었으나 상처喪妻를 했고, 새 장가를 들어 딸 하나와 아들을 낳으셨다.

마을 사람들의 존경을 한 몸에 받았다. 저수지를 축조하는 등 마을의 큰일을 도맡아 하셨다. 그러나 세상의 인심은 영원하지 않았다. 두 번에 걸친 장남의 사업실패로 집안이 기울자 사람들의 존경심도 급격히 엷어져갔다. 수많은 전답이 다른 사람의 명의로 바뀌었고, 환갑이 넘은 나이에 처음으로 밭을 일구고 논에 손을 담그는 등 농사를 지어야만 했다.

고등학교 일학년이 되던 해 어머니가 쓰러졌다. 어린 누나가 학교에 다니며 집안 살림을 꾸리는 건 역부족이라 생각되었는지 아버지는 새 장가를 드셨다. 그사이 집안의 가세는 더욱 기울어졌다. 아버지와 형님, 형님과 나 사이에는 회복될 수 없는 깊은 골이 파였다.

세 번째 어머니마저 돌아가시자 아버지는 급격하게 연로해지셨다. 눈에 흙이 들어가기 전까지 형수에게 절대 밥을 얻어먹지 않겠다던 고집도 꺾으셨다. 시집간 세 명의 딸에게 의지할 수도, 이른 아침에 출근해 밤늦게 퇴근하는 나에게 몸을 의탁할 처지도 아니었다.

가족회의가 열렸다. 홀로되신 아버지를 모시기 위한 조율이었다. 세 분의 고모를 위시해 오남매가 모였지만 형님 내외분과 두 분의 누나, 고모들의 일방적 의견에 따라 아버지는 울산의 형님 댁으로 가셨다. 합의는 필요했지만 간단했다. 대학교도 포기하고 십여 년이 넘도록 직장생활을 하며 부모님을 모셨던 내 몫의 전답을 형님께 주는 조건이었다.

그러나 일 년이 채워지기도 전에 아버지는 첫째와 둘째 누나 집으로 전전해야 했다. 따가운 햇살 아래 쭈그리고 앉아 먼 산을 바라보며 어린아이처럼 아이스크림을 먹고 있더라는 소식도 들렸다. 아무것도 할 수 없었던 내 자신의 무능력은 그대로 아버지의 아픔이 되어 다시 내게로 고스란히 전해져 왔다.

그해 추석, 형수가 아버지 이야기를 꺼냈다. '도련님이 아버지를 모시라'는 거였다. 새벽에 나갔다 밤늦게 퇴근하는 나에게 친절하게 방법까지 일러 주었다. 시집간 바로 위의 누나에게 아버지를 부탁하고, 내가 대신 생활비를 대라는 것이었다. 조만간 답을 드리겠다며 돌아섰지만 서러운 눈물은 멈출 줄 몰랐다.

그로부터 한 달이 채 지나지 않았을 무렵이다. 유난히도 햇살이 포근하고 따사로운 날이었다. 오랜만에 쉬어보는 일요일이라 마루에 걸터앉아 있는데 찢어진 골판지가 눈에 띄었다. 버리려고 집어 들었다가 깜짝 놀랐다. 거기에 눈에 익은 필체가 쓰여 있었다. 아버지가 쓴 편지였다.

"아들아 보거라. 네가 너무 보고 싶어서 왔지만 보지 못하고 가는

구나. 늦게 들어가면 또 뭐라 할지 모르니 이만 간다. 부디 밥 단디 챙겨먹고 몸 건강해라. 아비는 잘 있으니 너무 걱정하지 말고. 못난 애비가 쓴다."

다 읽어 내려가기도 전에 눈앞이 흐릿해졌다. 마침 옆방의 아이가 '며칠 전에 할아버지가 와서 하루 종일 아저씨 기다리다가 해가 넘어갈 때쯤 가셨다.'고 말한다. 그것이 아버지가 이 세상에서 내게 남긴 마지막 글이자 소식이었다. 며칠 후 아버지는 하늘로 돌아올 수 없는 먼 길을 가셨다.

살아생전, 단 한 번도 직접적으로 내가 보고 싶다고 말을 꺼낸 적이 없었던 아버지셨다. 가진 것이 많았을 땐 존경받았지만 당신의 모든 것을 다 들어내 주고서는 자식들에게마저 버려지는 꽃바구니 신세였다. 장가를 들지 못해 아버지를 모실 수 없었다는 것도, 세월이 흘러 회한의 눈물을 흘리는 것조차도 모두 내 자신을 위한 변명

에 불과했다는 것을 나중에 깨닫게 되었다.

산행을 시작 하려는데 작정한 듯 비가 쏟아진다. 많이 내리는 봄
비는 몸에 해롭다고 등산을 포기하자는 의견도 있지만 강행하기로
마음을 굳힌다. 많은 시간이 지나고 나서야 겨우 깨닫게 되는 자식
의 우매함을 어찌 하늘이 알았을까. 마음껏 내려주는 이 비가 그렇
게 고마울 수가 없다.

나이가 들수록 아버지가 그리워지는 요즈음이다. 비에 흠뻑 젖었
을 버려진 꽃바구니가 자꾸만 생각나는 이유이기도 하다. 이런 날
이 아니면 언제 또다시 가슴속이 시원하도록 실컷 울어 볼 수가 있
을까. 사정없이 뺨을 때리는 이 비가 차라리 자식을 원망하는 아버
지의 손바닥이었으면 좋겠다. 그런 내 마음을 아는지 비는 하루 종
일 내리고 있었다.

≪수필과비평≫ 2013년 10월

쥐다래나무

6월의 대덕산은 천상화원이다. 간드러지게 피어
난 이름 모를 야생화들이 산하를 고혹의 자태로 수놓았고 선연하게
웃음 머금은 산들이 사위로 몇 겹의 울타리를 쳤다. 그 속 검룡소에
서 1억5천만 년 전부터 발원된 한강이 세상 속으로 흘러든다.

암반을 보듬으며 흘러내리는 물이 유난히 맑고 깨끗하다. 청정오
지 산속이라 들이쉬는 숨이 달고 시원하다. 계곡에 들어서니 아름
드리 나뭇가지에 신록의 잎사귀들이 장막을 친다. 그 속을 비집고
들어온 몇 줄기 햇살이 강렬하게 물 위로 쏟아진다. 암반 위 계곡물
이 황금 비늘처럼 일렁이자 선계의 경계를 넘은 듯 사면의 풍광이

절경이다. 마치 신선이라도 된 듯하다. 안락에 젖어들 즈음, 주변의 분위기와 어울리지 않는 나무 한 그루가 눈에 띈다.

잎이 벌레가 먹은 것처럼 구멍이 뚫려 남루하다. 지나가던 누군 가가 일부러 흰색 페인트를 칠한 것처럼 지저분하기 그지없다. 그 중 몇몇 잎 꼭지 흰 부분에는 흐린 핑크빛이 감돌아 천박함마저 엿 보인다. 나무에 대한 호기심도 잠시, 풍기는 이미지가 너저분해서인 지 경시하는 마음이 저절로 인다.

나무의 이름은 쥐다래, 잎겨드랑이에 작은 흰 꽃이 피어난다고 한 다. 하지만 꽃이 잎에 가려져 드러나지 않아, 나무 스스로가 녹색 잎에 흰색을 입혀 마치 꽃처럼 보이게 만든다는 것이다. 수정을 위 해 벌과 나비들을 유인하기 위해서다. 그리고 꽃이 절정일 때 흰 부 분 잎 꼭지를 분홍색으로 덧칠하고 향기를 내뿜어 더 많은 벌과 나 비가 찾아들도록 만든다. 열매를 맺게 하려는 나무의 노력이 엄마 의 헌신처럼 눈물겹기만 한 것이다.

초등학교 즈음까지 우리 집은 부자였다. 힘깨나 쓰는 머슴 둘에 서너 마리의 소가 있었다. 그러던 집안이 형님이 택시운수업을 두 번이나 실패하면서 기울기 시작했다. 환갑이신 아버지는 난생처음 으로 논에 손을 담그고 농사를 지었다. 아들이라는 이유로 나는 겨 우 중학교에 입학할 수 있었지만 한 살 터울의 누나는 중학교 대신 동네어귀 과수원으로 돈벌이를 다녀야만 했다.

사시랑이 몸을 이끌고 어머니도 나섰다. 잔디 씨를 훑고 아까시 열매를 따서 당신의 몸 두 배나 되는 짐을 머리에 이고 산자락을 오르내리셨다. 한 푼 이라도 더 벌어야겠다는 일념에 어머니의 의복은 남루하기 짝이 없었고 마을아이의 놀림감이 되었다.

"거지다. 거지!"

강가에 빨래를 하러 갔다 돌아올 때, 철모르는 동네 꼬마들의 조롱에 어머니는 피눈물을 흘리셨다. 그리고 이듬해 기어코 누나도 중학교에 진학시켰다.

내가 고등학교 일학년 때 지금의 내 나이에 어머니는 돌아가셨다. 자식 뒷바라지에 자신을 돌보지 않으시다 감기가 급성폐렴이 되어 추석 안날 송편을 만들다 갑자기 떠나셨다.

아내가 양념한 갈비와 장모님의 지병에 필요한 약을 가지고 처가에 갔다. 앉을 자리 하나 없는 식당 부엌에 장모님이 서 계셨다. 구부러진 등허리 너머로 손에 물마를 틈 없이 힘겨운 모습이 안쓰럽다. "원하는 만큼 돈은 벌어 보았지만 쓴 적은 한 번도 없다."는 장모님의 넋두리는 혼자된 외로움과 가혹한 현실에 대한 원망이 가득하다. 당뇨로 인한 합병증, 피부병에다 화병까지 앓고 계시니 오죽하시겠는가. 그런데다가 지난해 큰아들 내외가 이혼을 하는 바람에 중고등학생인 두 손자까지 거두며 아들이 하던 식당까지 운영해야하니 그 고초는 말로 다 하기 어렵다.

열두 살의 나이차를 극복하고 가정을 이룬 사랑이 단순한 금전적 이유였을까. 생활이 어렵고 힘들다고 남편과 자식 둘을 버리고 이혼을 감행한 처남댁이 선뜻 이해가 되지 않는다. 헤어진 원인이 어느 한쪽에만 있는 것도 아니고 지금 잘잘못을 따져서야 무슨 소용이 있을까마는 처남댁이 떠난 자리에 남겨진 현실을 혼자 감당해야 하는 병든 장모님이 너무 딱해서 가슴이 이리도 저리다. 갑자기 엄마 없는 아이가 되어버린 저 사춘기 두 소년의 상처는 또 어떻게, 누가 어루만져 줄 것인가.

요즘의 세태에서 자식들을 위해 무조건 참고 살아야 된다고 강요하기는 어렵다. 하지만 무슨 어려움이 있어도 자식을 보호하겠다는 강한 모성애만이 가정을 지키는 보루가 아닐까. 그것이 자연의 순리이며 천륜일지도 모른다.

여름의 뒤로 9월이 다가섰다. 이제 산자락과 들녘에서 남루한 잎사귀를 가진 쥐다래나무를 볼 수가 없다. 자신이 피워낸 작은 꽃이 열매를 맺어 그 임무를 다했음인지 본연의 색인 녹색으로 잎이 환원이 되었기 때문이다. 볼품없는 나무라 한때나마 순간적으로 업신여겼던 마음이 부끄럽기만 했다.

사람보다 더 책임감 있고 숭고하게 사는 쥐다래에게 경외감마저 든다. 조심스레 다가가 만지며 자세히 살펴본다. 쥐다래를 보면 내 어머니의 모습이 저절로 떠오른다. 그리고 장모님과 처남의 댁도 함께 보인다.

≪수필과비평≫, 신인상 2010년 7 · 8월호

어떤 면죄부

보성 천봉산 대원사 입구에 티베트 박물관이 있다. 지하1층과 본관, 이층으로 조성된 건물이다. 박물관 안에는 주지인 현장스님이 티베트와 몽골 등지를 순례하며 모은 불상과 회화 등 불교미술품 1,000여 점이 전시되어 있다. 볼품없는 박물관처럼 보이지만 만다라를 비롯한 수많은 불상과 유물이 정말 볼거리다.

가장 눈길을 끄는 건 사람의 인골과 해골로 만든 피리와 작은 북이다. 그것 외에 충격으로 다가왔던 건 두 장의 사진이다. 티베트 장례문화인 천장의 모습이 생생하게 담겨져 모골이 송연했다. 사진 속에는 장례의식을 치르는 천장사(해부사)가 죽은 사람의 육신을 날카로운 칼로 다듬는 모습이 가감 없이 찍혀있다. 그리고 또 다른 한 장의 사진엔 죽은 사람의 뼈를 망치로 잘게 부수는 장면도 보인다.

티베트 인들은 사람이 죽으면 영혼은 몸에서 빠져나가 육신은 빈 껍데기에 불과하다고 믿는다. 살아있는 것은 영혼이지 육신이 아니라는 것이다. 함께 관람하던 몇 사람은 너무나 잔혹하고 충격적인 장면이라 구토가 나고 온몸에 힘이 빠진다고 한다. 나 역시 그랬다. 그러나 시간이 지날수록 점점 마음이 평온해지기 시작했다. 알다가도 모를 일이었다.

일 년여 전 봉화 문수산으로 등산을 떠난 적이 있었다. 지혜의 산으로 알려진 문수산은 신라 때 자장율사가 태백산을 찾아 헤매던 중 문수보살이 산에서 화현하였다고 해서 불리는 산이다. 키가 오십여 미터에 달하는 춘양목의 배웅을 받으며 주실령에서 등산을 시작해 두 시간 반 만에 정상에 올랐다.

그런데 이상한 일이 자꾸 일어난 건 하산 길에서다. 축서사로 내려가는데 몸이 자꾸만 미끄러져 크게 엉덩방아를 찧거나 넘어지는 것이다. 아이젠을 착용하지 않았다지만 산행경력이 삼십 년이다. 일 년 동안 산에서 넘어지는 햇수라야 겨우 손에 꼽을 정도, 가벼운 엉덩방아라면 모르겠지만 뼈가 부러질 정도의 충격이라 심각했다. 꼬리뼈라도 다치면 몇 달 동안 운신조차 못 할 수도 있었다.

다섯 번 이상을 연이어 넘어지고 나니 신경이 곤두섰다. 큰 잘못을 지어 천벌을 받고 있는 것처럼 여겨졌다. 생각이 거기까지 미친 데는 나름 이유가 있다. 그날은 조상들의 영혼을 하늘나라로 인도

하는 천도제薦度祭를 지내는 날이었다. 제를 치르고 나면 명절의 차례는 물론 제사까지 지내지 못하게 되는 의식이었다.

아내를 대신 참석시켰지만 마음이 불편했다. 솔직히 말하면 그날은 결코 참석하고 싶지가 않았다. 그런 마음이 들었던 건 나름 이유가 있었다. 그토록 하고 싶었던 공부마저 포기하고 부모님에게 물려받은 전답을 모두 팔아준 대가치고는 너무나 가혹했다. 아버지의 노후와 가족의 화합을 위해 희생한 모든 것들이 생각지도 못한 배신감으로 되돌아와버린 것이다.

고등학교 일학년 때 어머니다 돌아가셨다. 세 분의 어머니를 더 모셨지만 아버진 결국 혼자가 되시고 말았다. 장가도 들지 않은 몸으로 이른 아침에 출근했다 밤늦게 돌아오는 나로서는 아버지를 모실 여건이 못 되었다. 그걸 아셨는지 아버지는 가고 싶어 하지 않았던 형님네 집으로 들어갈 수밖에 없었다.

나는 형님과 배가 다른 형제다. 우애가 별로 없었다. 가족회의 끝에 친모가 돌아가시기 전까지 피땀 흘려 물려준 전답을 팔아 형님께 드리겠다고 했다. 장남이고 아버지의 노후와 조상들의 제사를 모신다는 명분 때문이었다. 그러나 아버지는 행복하게 지내지 못하셨고 형님 댁으로 들어가신 지 2년여 만에 돌아가시고 말았다.

내내 우환이 끊이지 않는 집안이 화두에 올랐다. 동네에서 가장 부자였지만 형님의 운수업 실패로 내리막을 걸었고 후손들 모두가 제대로 되는 일이 없다는 것이 이유였다. 막내 고모는 그 원인으로 할아버지 산소를 거론했다. 할아버지가 돌아가신 후 산소를 잘못 쓴 것 같다고 할머니가 늘 말씀을 하셨다는 것이다.

이장 대신에 화장을 택했다. 돈이 많이 들고 세월이 흐를수록 후손들이 조상들의 산소를 찾지 않을 것이라는 우려가 더해져서다. 그러나 화장은 그리 단순하지 않았다. 할아버지 산소 하나만이 아니라 할머니, 부모님의 산소까지 전부 한꺼번에 화장해야 된다는 것이었다.

화장을 마쳤지만 집안 사정은 별로 나아지지 않았다. 사십이 넘도록 두 조카는 여전히 장가를 들지 못했고 형수가 원인모를 병으로 시름시름 앓기 시작했다. 그렇게 되자 명절의 차례와 기제사가 부담스러워지기 시작했다. 일 년에 한 번씩 모아서 지내던 제사도 결국은 가족회의 끝에 조상들의 영혼을 한꺼번에 하늘에 천도하는 제를 절에서 지내게 된 것이다.

시신의 해부를 마치면 천장사는 티베트인의 곡물인 짬빠로 시신의 살을 버무린다고 한다. 그리고는 천장대 주변에 뿌린다. 그것을 보고 굶주린 독수리 떼들이 달려들어 시신을 먹고서 하늘로 날아간다. 그때 독수리들에 의해서 죽은 사자의 영혼이 하늘나라에 전달된다는 것이다. 도끼와 칼, 갈고리도 누구의 손에 들려지느냐에 따라 그 의미가 달라진다. 천장사의 손에 쥐여지면 다음 생으로 가는 해탈을 돕는 도구가 되지만 사람을 해하는 사람 손에 들리면 흉기가 되고 마는 것이다.

모든 건 마음먹기에 달렸다지만 세상만사가 어디 다 그런가. 어떤 일의 계기와 결과도 내 자신과 무관할 때 비로소 내려놓을 수 있는 것이다. 천장의 진정한 의미를 글과 사진을 통해 접하고 나서야 겨우 내 마음이 편안해졌다고나 할까.

한 시간에 걸쳐 박물관을 돌아보고 나오니 햇살이 산등성이에 걸렸다. 그동안 내내 가슴을 꽉 조이고 있던 마음 하나가 이제야 겨우 느슨해지는 느낌이다. 잘되면 제 탓, 못되면 조상 탓이라 여기는데도 자식을 향한 부모님의 마음은 한결 같으신가 보다. 자신들의 편리에 의해 불효를 저질렀는데도 무거워진 마음의 짐을 벗어 놓으라고 티베트박물관으로 나를 인도한 것인지도 모른다.

천도제를 지낸 그날 이후, 우리 가정에는 특별한 일이 일어나지 않았다. 굳이 하나가 있다면 고등학교 졸업반이던 딸아이가 그렇게 원하던 서울의 대학교로 진학을 했다는 것이다. 그것도 자신의 성적으로는 조금 어렵다고 생각한 학교와 학과였다. 문학영재 실기로 58대 1의 치열한 경쟁을 뚫은 것이다.

담배, 그리움을 부르다

일요일 이른 아침이다. 기사가 버스를 워밍업 시키고 있다. 출발 시간이 다 되었는데 손님 한 분이 시계를 보면서 버스에서 내린다. 시내에서 제일 큰 극장과 호텔을 경영하고 있는 분이다. 무슨 다급한 일이라도 생긴 것인지 안색부터 살핀다.

담배 한 대를 급히 빼어 물더니 불을 붙인다. 그리고는 묻는다.

"출발 시간이 4분 정도 남은 것 같은데 담배 한 대 피워도 되겠죠?"

큰일이라도 생긴 줄 알고 걱정했는데 예상 밖의 질문에 그만 피식하고 웃음이 터진다. 순식간에 담배 한 개비가 빨갛게 충혈되어 회색빛 재로 변해간다.

"시간이 좀 남았으면 몇 모금 더 피워도 되겠지요?"

담배를 쉬이 내려놓지 못하고 동의를 구한다. 시간이 2분여 더 남아있다. 그 금쪽같은 시간을 놓치지 않으려는 간절함을 저버릴 수는 없다.

"아! 네, 시간이 남았네요. 더 많이 피우십시오."

담배가 몸에 해롭다는 것은 주지의 사실이다. 그것을 알면서도 나는 그에게 담배를 마저 피우도록 말미를 준다. 시간이 다 되었다면서 거짓말을 하고 차에 태울 수는 없는 노릇이다. 그런다고 그가 당신의 건강을 위해서 내가 선의의 거짓말을 해주었다고 고맙게 여기지는 않을 것이다.

이십여 년이 더 지난 일이다. 일흔이 넘은 아버지가 병원에 입원을 하셨다. 기침이 잦고 가끔 피가 섞여 나와 검진을 받은 것인데

폐암이 선고되었다. 가족들은 그 사실을 알았지만 아버지에게는 말씀 드리지 않았다.

그날도 여느 날과 마찬가지로 병실에 들어섰는데 아버지가 보이지 않았다. 화장실에 가셨거니 하고 기다려도 오시지 않는다. 병실 복도를 살펴보고 화장실 문을 열어 보아도 안 계신다. 마지막으로 혹시나 해서 계단으로 통하는 문을 열고 나가보니 그곳에는 담배연기가 자욱했다. 뜻밖에 아버지가 거기 계셨다.

아버지는 기침을 해 대면서 담배를 피우고 있었다. 나를 보시자 당황한 빛이 역력했다. 당황스럽기는 나도 마찬가지였다. 자식의 마음을 몰라주는 아버지가 원망스러웠다. 아버지에 대한 사랑과 연민이 일순간에 무너지는 것 같았다.

"아버지, 담배가 해롭다고 그만큼 피우지 말라고 하는데 왜 피우

셨어요?"

짜증과 체념이 섞인 푸념에도 아버지는 아무 말씀이 없으셨다.

얼마 후 아버지는 퇴원을 하셨다. 병원에서 더 손 쓸 방법이 없어 후일을 준비해야 되는 상황이었다. 아버지가 담배를 피우는 모습은 눈에 띄지 않았다. 담배를 끊으셨는지 반갑고 다행스러웠다. 그래서인지 몇 개월 사시지 못할 거라는 의사의 소견과는 달리 건강하게 5년을 더 사시고 떠나셨다.

아버지의 유품을 정리하느라 서랍장을 열었다가 깜짝 놀랐다. 그속에 담배와 라이터가 단정하게 숨을 죽이고 있었다. 아버지는 식구들 모르게 돌아가시기 직전까지도 담배를 피우고 있었는지도 모른다. 왈칵 눈물이 쏟아졌다. 살아 봐야 얼마를 더 사신다고 그렇게 간절하던 담배를 자식이라는 미명으로 막았던 것이 죄송스럽고 후회스럽기 짝이 없었다.

진정한 효는 어떤 것일까. 부모님을 위한다는 명분으로 하고 싶은 것을 못하게 막는 것이 아니라, 하고 싶은 것 마음껏 하도록, 잡숫고 싶은 것 다 드시도록 해야 하는 것 아닐까. 어쩌면 나는 아버지의 건강보다 나를 위해서 그랬던 것은 아닐까.

차창 밖에 풍요로운 들녘이 펼쳐지고 있다. 임고서원을 지나니 아름다운 숲 대상에 선정된 나의 모교 임고초등학교가 보인다. 지금은 콘크리트 건물에 전교생이 이십여 명에 불과하지만, 내 어린 시절에는 일제가 전쟁을 염두에 두고 지어서인지 교실 밑은 방공호를 파놓은 목조건물이었다. 재학생만도 천 명이 넘었는데 아버지가

1회, 내가 46회 졸업생이다.

5학년 때였다. 교실 청소를 하다가 개구쟁이 녀석들이 교단을 들어내고 방공호로 내려갔다. 그중 한 놈이 선생님 책상에 있던 담배 한 개비와 성냥을 슬쩍했다. 담배를 피우던 선생님의 흉내를 내보고 싶어서였다. 호기심에다 영웅심까지 암튼 엄청난 모험이었다.

그러나 그 비밀은 결코 오래가지 않았다. 학급전체가 단체로 벌을 받던 중에 선생님이 지금까지 있었던 모든 일을 용서할 테니 잘못한 행동을 모두 적어내라고 하셨다. 한 녀석이 담배사건을 낱낱이 적어냈다. 호명된 녀석들이 줄줄이 불려 나갔다. 선생님은 친절하게도 담배 한 개비씩을 입에 물려주고 손수 불을 붙여 주셨다. 왜 피웠는지를 물으며 종아리를 치셨다. 그중 한 친구의 대답이 걸작이었다.

"담배 안 피우면 홍석이가 사내대장부가 아니라고 해서 피웠습니다."

그날 나는 떡이 되도록 맞았다.

담배는 과학적으로 살펴보면 백해무익한 것이라 알려져 있다. 그러나 세상의 모든 일반적 상식이 의학적으로 증명되었다고 반드시 옳은 것도 아니다. 미국 럿커스대 E 아이들러 박사에 의하면 흡연이 어떤 사람들에게는 치명적인 영향을 끼쳤지만 어떤 사람들에게는 전혀 영향을 끼치지 않았다고 한다. 담배를 피우면서 그것 때문에 건강이 나빠질 거라고 상상한 사람들은 건강이 나빠져 일찍 죽었고, 흡연이 건강에 어떤 영향도 미치지 못할 거라고 생각한 사람들은 전혀 영향을 받지 않았다고 한다. 어떤 연구결과도 백 프로는 아닌 것이다.

그때 담배 피웠던 녀석들은 지금 어디서 무엇을 하고 있는지 궁금하다. 10대에 단 하루라도 니코틴에 노출되면 나중에 우울증과 비슷한 상태가 유발된다고 읽었기 때문이다. 아직까지 우려하던 소식이 없는 걸 보니 그 당시의 일을 흡연으로 기억하고 있는 게 아니라 아름다운 추억으로 여기고 있음이 분명하다. 언제 그 친구들을 다시 만나 거나하게 회포를 풀 수 있을까.

버스에서 내려 학교를 휘둘러본다. 추억을 부르는 데 담배만 한 게 또 있을까. 담배 한 개비를 얻어 불을 붙여본다. 정답고 그리운 얼굴들이 하나 둘씩 담배연기 속에서 피어난다. 그렇지만 왠지 슬프다. 벌써 추억을 먹고 살 나이가 다 되어간다는 것이.

≪수필과비평≫ 2012년 6월

어떤 전환점

우리나라는 일등을 정말 좋아한다. 그래서 OECD 국가 중 자살률도 1위다. 요즘 들어서는 '얼마나 힘들었으면 죽었을까.' 하고 이해해 주기도 어렵다. 자살은 남녀노소, 대중과 스타를 따지지 않는다. 자고 일어나면 다반사로 접하는 소식이라 이제는 무덤덤해져서 오히려 문제다.

셰익스피어는 "죽음이 감히 우리에게 찾아오기 전에, 우리가 먼저 그 비밀스런 죽음의 집으로 달려 들어간다면 그것은 죄일까?" 하고 물었다. 어떠한 이유에서든 자살은 분명히 죄악이다. 나 역시도 죽음을 생각하고 그것을 실행에 옮기고자 방황을 한 적이 있었다.

이십대였던 84년 10월경이었다. 처연한 모습으로 태종대의 자살 바위를 찾았다. 나는 그때 사랑했던 한 여자를 대전에서 마지막으로 만나고 내려온 터였다. 저녁나절이라 태양은 서서히 빛을 잃어갔고 푸르른 파도가 시커멓게 천 길의 낭떠러지 아래에 넘실댔다. 아기를 안은 모습의 '모자상'을 바라보니 눈물이 났다. "다시 한 번 새 삶을!" "한 번 더 생각하여 후회하지 않을 인생을!" 일 미터가 넘는 둥근 전망대의 외벽에는 자살을 미연에 방지하려는 문구가 쓰여 있고 화분에 심어진 노란 국화꽃이 바람에 흔들리고 있었다.

많은 사람의 이목이 부담스러웠다. 전망대 아래 매점에서 커피 한 잔을 사서 야외테이블에 앉았다. 차가운 바람이 뺨을 때리고 싸늘하게 식은 커피 잔이 흔들렸다. 영화와 드라마, 소설 속이라면 멋진 장면과 풍경으로 묘사되었을 텐데, 현실은 그렇지 못했다. 시간은 자꾸만 흘러가고 사람이 계속 모여들면서 짙은 해무까지 밀려왔다.

그것도 운명이었을까. 낙조가 촛불의 색깔처럼 바다에 드리워지자 갑자기 포항의 선암사가 떠올랐다. 어머니가 나를 낳으려고 백일기도를 드렸던 곳이다. 살아계실 때에는 석가탄신일과 동지에는 한 번도 거르지 않고 찾았던 곳이기도 했다. 마지막으로 돌아가신 엄마의 체취를 한번 맡아보고 싶어졌다.

15년이라는 세월은 모든 것을 지워 버릴 수도 없앨 수도 있다. 한 치 앞을 내다보지 못할 정도의 어둠을 헤치고 무엇인가 끌리는 힘에 의해 산사山寺를 찾았다. 칠순이 넘은 주지 스님은 모습에서 세월이 읽혔다. 촛불 대신에 전깃불이 켜지고, 라디오 대신에 텔레비전이 있었다. 그리고 전화기까지. 저녁식사로 내어놓은 삶은 고구마에서 지나간 세월 속의 나를 찾아낼 수 있었다.

인연은 참으로 묘했다. 절에서 한 권의 책을 읽게 된 것이다. ≪산은 산이요 물은 물이로다≫라는. 그리고 자정이 넘은 이슥한 시각에 그곳에서 다시 한 사람을 만나게 되었다. 시집을 가서 아이 하나만 낳으면 이상하게도 남편이 죽어버리는 어머니를 둔 여자였다. 엄마는 같지만 아버지가 다른 오빠를 만나러 가는 길에 잠시 선암사에 들렀다고 했다.

섣부른 행동을 할 기미가 보였을까. 그녀가 합천 해인사로 동행을 권했다. 삭막하게만 여겨졌던 승려의 방이었는데 왜 그곳이 어머니의 품속처럼 따뜻했는지 모를 일이었다. 별개의 세계라는 통념때문에 속세와는 장벽이 높을 줄 알았는데, 저 아래 백련암에 며칠전 읽은 책 속의 주인공인 성철 대종정이 계신다고 했다. 그분과 함께 가야산의 밤을 같이 맞이한다는 자체가 너무나 좋았다. 어쩌면그때 나는 이미 죽음의 유혹을 떨쳐버리고 있었는지도 모른다.

그녀의 오빠는 해인사의 계도승이었디. 승려기 되는 길을 물었다. 행자승 3년을 포함하여 8년간의 각고, 다시 배움의 길을 3년 정도 마쳐야 승려로서 자격이 주어진다고 했다. 그러나 권고하기를 30세 이전에는 받아들이기를 꺼려하며 남녀 간의 이성 문제라면 더욱 더 받아들이지 않는다고 한다. 하루에도 몇 번씩 회의에 빠지곤한다는 스님의 말이 뇌리에서 떠나질 않았다.

"삶과 인생에 회의를 느낄 때, 주머니에 아무것도 넣지 말고 지쳐 스러질 때까지 먼 길을 무조건 걸어 보라." "자신에게 깊은 시련과 좌절이 닥쳤을 때 아무것도 먹지 말고 며칠을 굶어 보라."고 하셨다. "그것은 자신에 대한 실험이며, 능력에 대한 자신의 평가를 내릴 수 있는 척도가 된다."고. 그러면 다시 용기가 생기고 자신이 나아갈 길에 대한 자신이 생긴다고 말했다.

인간은 성장과 삶의 과정에서 위기가 닥쳐올 수도 있다. 그리고 누구나 한번쯤 자살을 생각할 수도 있을 것이다. 그러나 그 과정을 어떻게 이겨내고 견뎌 내느냐에 따라 인생이 달라질 수도 있지 않을까. 스님이 제주도로 졸업여행을 떠나는 날, 나는 새로운 마음으로 해인사를 빠져 나올 수 있었다.

지금 돌이켜 보아도 그때가 내 생애 가장 중요한 순간이 아니었을까. 그 과정에서 내가 벗어날 수 있었던 건 무엇 때문이었을까. 아마도 자살을 하려는 데 필요한 요건이 요즘처럼 많지 않고 어려웠던 건 아니었을까. 깊은 강과 절벽 등 인적이 드문 장소를 물색하기가 어려웠고 찾는 과정에서 이어진 인연에 의해서 자살을 포기했는지도 모른다.

자살률 1위에 지대한 공을 세운 게 아파트라고 한다. 자살하기 좋은 단애의 절벽 같은 고층아파트가 도심에 너무 흔하고 하루가 멀다 않고 우후죽순처럼 생겨나기 때문이다. 거기다가 한국인들의 욱하는 불같은 성정이 더해져 순간적으로 아파트에서 뛰어내리는 일이 많다고 한다. 감수성 예민한 고등학생 딸아이와 우울증이 도래

할 나이인 사십 중반의 아내와 나는 10층 아파트에 살고 있으니 시 한폭탄을 안은 셈인가. 그래서 심히 걱정이다.

오늘도 어김없이 매스컴에서는 우울한 자살소식이 들린다. 복잡하고 삭막한 도심에서 위로받을 수 있는 사색의 공간은 점점 없어지고 가까운 이웃과의 소통도 요원하기만 하다. 우연한 인연으로 인해 나를 죽음의 길에서 헤어나게 해주고 많은 것을 주고 간 그녀를 잠시 떠올려 본다. 성과 이름만 겨우 알 뿐 어디 사는지도 연락처도 모르지만 그녀의 마지막 말은 아직도 귓전에 쟁쟁하다.

"홍석 씨에게 죽음은 사치스러운 것이다. 죽더라도 무덤가에 꽃하나 놓아 줄 사람은 만들어 놓고 죽으라."던.

≪수필과비평≫ 2011년 6월

부끄러운 카네이션(희한)

예년 같지 않은 날씨와 경기 탓일까. 작년의 절
반도 되지 않은 행사의 성원이 버겁다. 주말마다 등산행사로 수입
을 의존하는 나로서는, 매주 들려오는 주말의 비 소식에 신경이 바
짝 쓰인다. 일주일 내내 긴장하는 탓인지 속은 벌써 새까맣게 타들
어 간 지 오래다.

인생의 하루하루는 희로애락이 교차되는 삶의 연속이다. 그러나
나름대로 큰 물욕이 없었던지라 산을 사랑하고 보는 것만으로 이
직업에 대한 열정을 가지고 보람을 찾았다. 그런데 올해는 유난히
힘에 부친다. 근심을 지고 집에 들어가서인지 얼굴은 이미 활기를

잊은 지 오래다.

내 나이 사십 중반을 넘어 오십을 바라볼 나이다. 해마다 어버이날이 다가오면 난 언제나 가슴 한쪽이 소리 없이 무너져 내린다. 부모님 살아생전 자식으로서 다하지 못한 마음과 실천이 두고두고 가슴에 사무치기 때문이다.

내가 장가가는 모습을 무척 바라셨던 아버지였다. 일흔아홉에 돌아가셔서 세수를 누리셨다고는 하나 내가 가정을 꾸리는 모습을 보여드리지 못했다. 무한한 마음의 안식처인 내 어머니, 일거수일투족이 내 삶의 전부였던 어머니는 고등학교 1학년 때 추석 안날 송편을 만드시다 갑자기 급성 폐렴으로 돌아가셨다. 숨을 거두시는 마지막 순간까지 나의 미래를 걱정하며 눈을 감지 못하던 분이셨다.

언제나 힘이 들고 어려울 때 어머니 산소를 찾았다. 나름의 위로도 받으며 속 시원히 울기도 많이 했다. 그러나 그때마다 금방이라도 흙이 흘러내려 허물어질 듯한 초라한 산소가 나의 무능처럼 대비되어 마음이 편치 못하였다. 그것이 꼭 성공을 해야 한다는 압박감으로 작용되어, 자괴감만 더해져 내 젊은 날은 수없는 방황으로 얼룩졌다.

사회적으로 유명해지고, 돈을 많이 벌면 해야 할 일이 하나 있었다. 어머니 산소를 크고 보기 좋게 번듯하게 해 드리겠다고 수없이 다짐했다. 아직 그 다짐을 이루어 드리지도 못했는데, 얼마 전 부모님을 두 번이나 죽게 만든 어리석은 천추의 우를 범하고 말았다.

지난 4월 중순에 갑자기 가족 모임이 있었다. 세 분의 고모님 중

두 분은 이미 돌아가셨고, 막내 고모가 소집을 한 것이다. 할아버지가 돌아가신 후 산소를 잘못 쓴 것 같다던 할머니의 얘기를 꺼내시는 것이었다. 작금에 지독히도 풀리지 않는 모든 일들이 할아버지 산소 탓이라는 것이다.

모든 일이 잘 풀리면 다행이지만 잘 풀리지 않으면 조상 탓이다. 그러니 이번 기회에 할아버지 묘를 비롯해 할머니, 아버지, 어머니의 묘를 전부 화장하는 것으로 결론을 낸 것이다. 가난하고 힘든 일상에 지친 가족들 모두는 반대를 하지 못했다. 자포자기의 마음과 앞으로 후손들이 산소를 찾고 돌볼 수 있는 여력이 점점 없어질 거라는 사회적 분위기도 한몫을 했다.

남의 집 이야기가 아닌 내 조상 내 부모의 산소에 관한 문제다. 지금 생각하니 좀 더 깊이 심사숙고하여야 할 문제를 너무 쉽게 처리한 것 같아 아쉬움이 크다. 결정할 때는 몰랐었는데 막상 그 대상이 없어져 성묘조차도 못 가게 되니, 그제야 겨우 제정신이 돌아온 것일까. 가슴속 억장이 무너진 것처럼 너무나 허전해 미칠 것만 같다.

이 세상 험한 세파를 헤치고 살아가는 버팀목은 우리 주변에 그리 많지 않다. 그중에 하나가 어머니 아버지를 비롯한 조상의 산소가 아닐까. 마음만 먹으면 언제나 찾을 수 있고 그립고 소중해야 할 가장 든든한 기둥 하나를 우리 가족들 모두가 인지하지 못하고 없애버린 우를 범한 것이다.

오늘은 어버이날이다. 거실의 장식장 위에 탁상용 달력이 새로 하나 놓여 있다. 그 속에 빨간 카네이션꽃 두 송이가 살아있는 입체감으로 나를 바라보고 있다. 전날, 처갓집 장모님을 찾아뵙고 밤이 이슥한 12시가 다 되어서야 겨우 집에 돌아왔었다. 그때까지 기다리던 딸아이가 '자정이 넘었으니 오늘이 어버이날'이라고 예쁜, 빨간 카네이션 꽃 두 송이가 붙어 있는 탁상용 달력을 우리 부부의 품에 내어 놓은 것이다.

연약한 작은 손으로 몇 시간이나 정성을 투자했나 보다. 돈을 주고 산 것이 아닌 직접 만든 꽃이기에 정말 소중하고 좋은 어버이날 선물이다. 그러나 자식과 어른으로서 제 도리도 못한 부끄러운 아비로서는 참으로 받기가 민망한 부끄러운 선물임에 분명하다.

살아 계셨을 때 다하지 못한 효도를, 때는 늦었지만 사후에라도 꼭 다하겠다고 울며불며 다짐했던 수많은 맹세들은 다 어디로 갔는가. 표리부동한 나의 처신이 이제 부모님을 두 번이나 돌아가시게 한 영원한 불효자로 만들어 버린 것이다. 표리일체한 행동으로 주변 안팎으로 신뢰를 심어 주는데 실패했고, 내 마음조차도 다스리지 못했다. 그 결과 지금 하고 있는 일이 잘 풀리지 않음이 어쩌면 당연한 귀결인지도 모른다.

유난히 길고 많은 생각을 하게 만드는 잠 못 이루게 하는 밤이다. 행여라도 눈을 감으면 금방이라도 눈물 뚝뚝 흘리며 카네이션꽃이 다가올 것만 같아 쉬이 잠자리에 들 엄두조차 나지 않는다. 정말이지 오늘은, 어버이 날이라는 것이 너무 슬퍼 회한에 가득 찬 참담한 눈물을 흘려야 하는 그런 밤이다.

수양버들 사라지다

만개한 꽃무릇처럼 붉은 꽃이 하늘에 피었다. 포은이 운명했던 비참하고 처연했던 그날은 고려의 운명도 선죽교에 떨어진 날이기도 했다. 그의 목은 저잣거리에 걸렸고 송도의 승려들이 아니었다면 육신조차 거두지 못할 뻔했다.

포은은 1337년, 영천 우항리에서 태어났다. 효성이 지극해 부친상을 당하자 묘소에서 삼년상을 지냈다. 그 후 모친상을 당해 또 다시 묘소에서 3년을 더 지냈다. 그의 효성은 조정에 보고되었고, 공양왕 원년에 그의 출생지에 '효자리'라고 새겨진 비가 영천군수 정유에 의해 세워졌다.

그러나 고려와 조선은 양립될 수 없는 운명이었다. 왕조가 바뀌면서 효자비도 함께 쓰러졌다. 마을의 자랑이었던 비가 천덕꾸러기가 된 것이다. 새 시대에 부흥하려던 눈치 빠른 사람들이 비를 쓰러뜨린 것이다. 흙먼지가 쌓이고 관심의 외면에 비는 점점 땅속으로 파묻혔다. 기약 없는 세월이 무심하게 흐르기 시작했다.

효자비의 긴 잠을 깨운 건 100년 후의 손순효였다. 그는 성종 때의 명신으로 조선 3대 주당으로 알려진 인물이다. 1487년 경상감사로 재직 중, 잠을 잤는데 꿈속에서 한 노인이 나타나 자신의 비를 찾아 줄 것을 간절히 원했다. 깨어난 그가 탐문을 해보니 그 노인은 정몽주였고 땅속 깊은 곳에 잠자던 효자비를 찾아낼 수 있었다.

손순효는 비바람에 견딜 수 있도록 비각을 함께 건립했다, 그리고 그 속에 효자비를 세우고 성대한 제례까지 올렸다. 그러나 그가 중앙으로 영전하자 마을의 재정은 점점 어려워졌다. 제례비를 감당할 수 없어 마을 사람들이 논의를 벌였다. 그 끝에 근사한 수양버들 한 그루를 마을 입구의 연못제방에다 심고 제례를 대신했다. 그때부터 효자비와 수양비들은 마을을 상징하는 버팀목이 되었다.

삼백 년이 넘는 세월이 켜켜이 쌓이면서 수양버들은 점점 신목이되어갔다. 그러자 나라에서도 관심을 기울이게 되었고, 80년대 중반보호수로 지정이 되었다. 그리고 효자비도 1992년 7월 18일 마침내경북유형문화재 제272호 '포은 정몽주 유허비'로 지정이 되었다.

고향을 떠난 지 20여 년 만에 우항리 연하마을을 찾았다. 세월의 흐름에 마을의 규모는 작아졌지만 모태는 여전하다. 굳이 변한 것이 있다면 시냇가로 향하는 황톳길 농로가 시멘트 임도로 바뀌었고, 예전의 마을 입구 저수지가 논과 밭으로 메워져 있다는 것이다.

고향마을을 찾은 이유는 하나다. 보호수로 지정되었던 수양버들이 어떻게 되었는지 궁금해서다. 언제부턴가 수양버들이 사라져 버렸다. 영천시의 문화재와 보호수 목록에서도 마찬가지다. 시청의 홈페이지를 샅샅이 뒤져도 흔적조차 발견되지 않았다. 도대체 무슨 일이 일어났던 것인지 허망한 마음을 달래고 위로받으려다 궁금증만 더해진 셈이었다.

강으로 내려가는 길을 조금 따르면 허름한 누각이 보인다. 그 안에 '효자리孝子里'라고 새겨진 포은의 효자비가 서 있다. 어릴 때 땅이 토해내는 열기가 온몸을 휘감으면 하루에도 몇 번씩 냇가에 멱을 감으러 나가곤 했었다. 그리고 집으로 돌아올 때면 수양버들에 올라가 매미 소리를 노래 삼아 들으며 포은 선생 같은 위인이 되겠다고 맹세를 했다. 그럴 때면 늘어진 신록의 가지가 햇볕을 막아 그늘을 만들어 주었고, 하늘거리던 잎사귀는 지나가는 바람을 유혹해 불러들였다.

수양버들은 참으로 불가사의했다. 나무 속이 전부 다 썩고 문드러져 어린아이 두서너 명이 들어갈 정도로 속이 비었는데도, 봄이면 어김없이 싹을 피우고 여름이면 길게 잎을 늘어뜨렸다. 거기다가 껍질 안쪽이 불에 탄 듯 검게 그을어 있었는데도 죽지를 않았다.

저수지 제방이 둔덕으로 변했다. 사백여 년 가까이 수양버들이

뿌리를 내렸던 곳에는 수풀만 무성하다. 그때 전혀 생각지도 못했던 일이 눈으로 확인되었다. 더듬어 내려가던 눈길에 부러지고 잘려나간 나뭇가지들의 잔해가 보였다. 큰 나무 둥치나 작은 잔가지 속이 뻥 뚫린 채 검게 그을려져 있다. 예전의 그 수양버들이 분명해 보였다.

돌아 나오는 발걸음이 무겁다. 어린 시절의 추억마저도 사라졌다고 생각하니 망연자실하다. 그런데 나무의 생사는 확인되었지만 언제, 어떻게, 왜 수양버들이 쓰러졌는지는 알 수가 없다. 그러나 좀 더 솔직히 말하면 그 연유를 알게 될까 봐 두려웠던 것인지도 모른다. 사백 년 가까이 마을을 지켜 온 수양버들이, 더 이상 효자비를 지킬 명분이 없어 스스로 생을 마감했을지도 모른다는 생각이 들어서였다.

몇 해 전, 나는 조상님들과 부모의 산소를 화장하는 우를 범했다. 그리고 이제는 차례와 제사마저 못 지내게 되었다. 집안에 끊임없이 일어나는 우환 때문에 아버지 어머니를 위시해 조상님들의 영혼을 하늘에 천도하는 제를 지내게 되었던 것이다. 잘되면 제 탓, 못되면 조상 탓이라는 옛말이 하나도 틀리지 않았던 것이다.

이제는 흔적조차 사라진 수양버들이 서 있던 자리를 응시해 본다. 예전 같았으면 금방이라도 "우리 아들 왔나?" 하고 어머니가 반갑게 불러 주었을 텐데 아무런 소리도 들리지 않는다. 후회와 자책의 마음으로 어머니가 묻혔던 산자락을 바라보지만 어머니의 목소리는 끝내 들리지 않는다.

삼백여 년을 같이한 수양버들을 잃은 효자비의 심정은 어떨까. 예전에는 그러지 않았는데 오늘따라 허허벌판에 덩그러니 서 있는 누각과 그 속의 효자비가 무척이나 쓸쓸하게 느껴진다. 그것이 모두 나의 죄인 것만 같아 부끄러워 고개를 들 염치조차 없다.

그렇지만 나무가 사라졌다고 마을을 지탱했던 효의 정신마저 사라진 것일까. 부끄러워 차마 소리 내어 울 자격도 없지만 수양버들이 삼백여 년 이상 뿌리 내렸던 곳에 작은 팻말이라도 세워놓으면 얼마나 좋을까. 몇백억을 들여 임고서원은 성역화되었지만 포은이 태어난 마을 효자리의 유래와 정신은 외면하는 것만 같아 가슴이 아프다.

깨어진 날계란

대학에 진학한 딸이 주말을 맞아 서울서 내려오는 날이다. 새내기로 입학한 지 40여 일 만이다. 수필모임을 마치고 저녁 늦게 동대구역으로 마중을 나가기로 했다. 그런데 맛있는 음식이라도 시켜줘야 될 텐데 지갑에 현금이 없다.

은행 문이 내려진 시간이라 '현금 자동 입출금기'를 찾는다. 마침 불이 들어온 곳을 찾았지만 우측 옆으로 돌아가라고 적혀있다. 건물의 코너를 돌자 투명한 유리로 된 사각형의 공간이 돌출되어 있다. 투명한 유리 안에 자동문이 보인다. 뒷면과 우측면의 유리벽에 은행의 로고와 명칭이 새겨진 파란 테이프가 붙어져 있지만 전면에는 표식이 없다. 문이 없겠거니 생각하고 빠른 걸음으로 들어선다.

"쾅!!"

눈앞이 번쩍한다. 몸이 뒤로 벌러덩 넘어지고 들고 있던 은행카드가 바닥에 떨어졌다. 우측 눈두덩이 위쪽과 광대뼈, 입술 위의 돌출된 부분에 극심한 통증이 밀려온다. 입안에 피가 고이는 걸 보니 탈이 단단히 났나 보다. 거기다가 오른쪽 무릎마저 시큰거린다.

눈 위가 금방 퉁퉁 붓는다. 조금만 더 힘차게 들어섰다면 통유리가 박살이 났을지도 모른다. 가끔씩 주변사람들이 유리창이나 유리벽에 부딪쳤다는 이야기를 들었지만 내게도 그런 일이 일어나리라고는 꿈에도 생각하지 못했다. 못생긴 얼굴이 더 일그러진 것은 아닌지 괜한 걱정이 들기도 한다.

나이가 들어 눈이 어두워진 탓일까. 그것도 아니라면 유리를 닦는 청소부가 귀신같은 솜씨를 발휘했던 것일까. 투명한 유리에 아무런 표식이 없었다고는 하지만 고정된 통유리에 부딪쳤다는 게 언뜻 이해가 되지 않는다. 그러나 세상을 살다보면 그런 일들이 어디 한두 번이던가.

음주단속에 걸려 면허가 취소된 적이 있었다. 술을 마시고 운전을 한 것은 잘못이지만 이십여 년이 지나도 잊히지 않는 건 다른 데 있다. 그 당시는 음주단속이 그다지 엄격하지 않을 때였고, 훈방 조치로 끝날 수 있었던 일이 취소까지 이어져서였다. 그런데 그것이 아주 사소한 것이 빌미가 되어 걷잡을 수 없도록 일이 커져버린 것이다.

친구와 둘이 술을 많이 마셨는데도 전혀 취하지가 않았다. 2차를 나의 자취방에서 하기로 하고 일방통행로인 달성공원 뒤편 골목길로 차를 몰았다. 그런데 주차할 공간이 마땅치 않아 친구를 먼저 방에 들여보내고 다시 공원을 한 바퀴 더 돌았다. 마침 시장 쪽에서 올라오는 길목에 여유 공간이 있어 주차를 하고 밖으로 나왔다.

그때 위쪽 삼거리에서 파출소 순찰차량이 보이더니 차를 빼라고 한다.

"아니 보면 모르세요, 다른 데 주차할 공간이 어디에 있어요?"

느닷없는 대꾸에 그들이 잠시 당황하더니 순찰차에서 내린다. 가까이 다가오더니 내게 술 냄새가 나는지 팔짱을 끼고 파출소까지 연행을 하겠다는 것이다. 순간 당황했지만 괜한 호기로 자신만만하게 그들을 따라나선다. 대신, 조금 전 친구가 내 방에 들어갔으니 잠깐 이야기나 하고 가자고 부탁을 했다. 그런데 그들은 철저히 내 요구를 무시하는 것이다.

파출소에 도착했다. 파출소장과 아는 사이란 걸 확인하더니 집으로 돌아가라고 한다. 대신 내일 아침에 잠깐 시간을 내어 파출소에 들르라고 한다. 그들은 최대한 배려했지만 나는 분이 풀리지 않았다. 이유는 단 하나, 친구에게 이야기나 잠깐 하고 가자고 했던 내 요구가 묵살된 것에 대한 알 수 없는 분노였다.

그런데 그것이 면허취소의 빌미가 될 줄이야. 결국에는 순찰 경찰관들의 화를 부르게 되었고 관할경찰서로 가서 음주측정을 당하고 말았다. 그런데 참으로 이상한 건 그 다음이다. 면허취소에 해당되는 수치가 나오고 모든 상황이 끝나버리고서야 비로소 정신이 번쩍 드는 것이다. 그러나 이미 엎질러진 물, 적지 않은 벌금에 1년간 운전면허취소 처분을 당하고 말았다.

"아빠 안녕?"

반갑게 인사하는 딸에게 애써 인자한 표정을 짓지만 쉽지 않다. 집에 도착해 아내에게 자초지종을 이야기하지만 한심하다는 표정이 역력하다. 시간이 지날수록 전신이 욱신거리지만 오랜만에 내려온 딸을 외면하고 자리에 먼저 누울 수는 없다. 족발을 시켜 먹으며 딸의 일시적 귀환을 진심으로 환영한다.

자고 일어나니 우려했던 일이 벌어졌다. 오른쪽의 눈 주위가 마치 판다 곰처럼 시커멓게 원을 그렸다. 눈썹 끝부분이 퉁퉁 부어올랐고 시퍼런 멍이 눈 주위에 가득하다. 부딪친 충격으로 생성된 나쁜 피가 부드럽고 약한 눈 주변에 내려온 것이 분명해 보였다.

등산을 떠나는 날이라 회원들에게 뭐라고 변명해야 될지 고민이다. 응급조치로 냉장고에서 날계란을 꺼내 눈 주변을 마사지하듯 굴려본다. 작은 기적이라도 바라는 심정으로 계란을 눈가를 문지르며 출발지인 법원에 도착했다. 관광버스가 대기하고 있는지라 목적지가 적힌 종이를 관광버스 전면에 부착하고 커피라도 한잔 하려고 차에서 내려선다.

그때 버스 앞쪽에서 누군가가 붙인 종이가 삐뚤어졌다고 말한다. 종이를 떼어내고 바르게 붙이려고 버스 앞쪽 데스크에 몸을 밀착시키는 순간, '퍽' 하는 소리와 느낌이 우측 바지 호주머니에서 전해진다. 아차! 멍을 제거하려고 가져 온 계란이 주머니 속에서 깨져 버린 것이다. 민첩하게 손수건과 휴지로 닦아내어보지만 이미 늦었다. 깨어진 계란의 양이 생각보다 훨씬 많아 제대로 닦아내는 데 꽤 많은 휴지와 시간이 걸린다.

의도치 않은 일들이 언제 일어날지 모르는 게 세상살이다. 그런데 시간이 조금만 흐르면 자명한 일들이, 왜 벌어지는 순간에는 보이는데도 제대로 인지하고 대처하지 못할까. 인간이기 때문에 실수는 피할 수 없다지만 간혹 이해가 안 되어서 하는 말이다.

그러나 어쩌랴, 모든 것은 어차피 내가 벌인 일이다. 그러니 싫든 좋든 그 처리도 직접 할 수밖에 없다. 호주머니 속에서 깨져 버린 날계란을 내가 닦아냈던 것처럼.

체벌體罰

　　세상을 살다보면 본인의 의사와 상관없이 실수한
번 저지르지 않는 사람이 있을까. 하지만 그것도 그 대상이 누구냐
에 따라 엄청나게 달라지는 것이 인생사인지도 모른다. 혹자는 그
것을 운이라고도 하고 관상이나 사주팔자에 근거하는 것이라고 이
야기하는 사람도 있다.

　　〈인간시장〉이란 소설로 베스트셀러 작가이면서 국회의원까지 지
낸 한 분은 이런 말을 했다 '젊음의 특권은 실수할 수 있는 데 있다.'
라고. 실수는 누구나 할 수 있으며 나이가 어리고 젊을수록 그 빈도
가 많은 것은 미완성의 인격체라서 그런 것이니 크게 허물치 말라

고 하셨다.

　겨우내 얼어붙었던 땅이 녹고 새싹이 연두색으로 옷을 막 갈아입을 때의 일이다. 조그마한 시골의 중학교 교정에서, 방과 후 교실에서 한 남학생이 옆 반의 선생님에게 뺨을 얻어맞고 있었다. 환경정리 작업을 하던 중 말끝마다 '촌놈, 촌놈' 하시며 장남 삼아 놀려대는 선생님에게 말을 실수한 탓이다. "그러시는 선생님은 도시사람입니까?" 하고 여쭤 본다는 것이, 그만 "놈"이라는 말을 너무 의식한 나머지 "그럼 선생님은 도시 놈입니까?" 하고 물었던 것이다.

　한번 뱉으면 주워 담을 수 없는 것이 말이다. 소년은 아차하고 후회했지만 이미 때는 늦어 버렸다. 돌이킬 수 없는 순간적 실수였지만 죄송해서 몸 둘 바를 몰랐다. 다시는 그런 실수를 하지 말아야지 하고 맹세했지만 되돌릴 수는 없었다. 그 이튿날 조회시간에 담임 선생님까지 그제의 일을 상기시켰기에 더욱더 어쩔 줄을 몰랐다. 순간적인 우발적 실수였지만 추호도 그 선생님을 원망하는 마음이 가슴에 남지는 않았다.

　얼마 전, KBS 1 TV 〈아침마당〉이란 프로를 보게 되었다. 초청인사는 피아노를 연주하는 한 젊은이로 잘생긴 외모에 훤칠한 키의 피아니스트였다. 빈 국립음대 최연소 입학과 최우수 수석졸업, 파리 고등국립음악원 최고연주자 과정을 최우수 성적으로 마친 음악적 천재 K였다. 1999년부터 본격적으로 연주활동을 시작한 삼십대의 우리나라 젊은이였는데 14세의 어린 나이로 홀로 오스트리아 비엔나에 가서 음악공부를 했다고 한다. 클래식 음악영화 〈호로비치를 위하여〉에도 출연한 적이 있는 그야말로 요즘 가장 잘나가는 유명인이었다.

그의 모친은 방송작가였다. 워낙 바빠서 5. 6세 때부터 아들을 여러 학원으로 많이 보냈다고 한다. 아들은 그때부터 클래식에 심취했고 특히 유독 피아노를 좋아했다고 한다. 소년은 늘 학원 스케줄이 끝난 후 빈방에서 피아노를 치다 늦은 시간에 귀가하게 되었고, 그가 유일하게 들르는 곳은 한 군데 레코드 가게였다고 한다.

그러던 어느 날, 오가며 들르는 그곳에서 소년은 욕심나는 클래식 테이프 두 개를 손에 쥐고 고민을 하게 된다. 하나는 값을 주고 사고, 한 개는 주인 몰래 훔쳐와 들었는데 쇼팽의 피아노곡이었다. 용돈을 모았지만 겨우 한 개를 살 돈밖에 없었던 게 문제였지만 음악은 정말 너무 좋았다고 한다. 처음 훔칠 때는 두렵고 어려웠지만 그 다음은 더 쉬워 세 번을 더 훔치다 그만 주인에게 들키게 되었다. 집의 주소와 전화번호를 알려 주고 귀가하니 그날 밤에 가게주인이 집으로 찾아와 엄마를 만나 자초지종을 말했다고 한다. 그리고 '아이가 좋아하는 음악공부를 시키면 어떨까.' 하고 소년이 그토록 갖고 싶어 하고 탐내던 40개의 클래식 테이프를 주고 갔다고 한다.

아이는 감옥에 가지 않은 것이 다행이라 여겼지 고마움의 깊이는 그 당시는 몰랐다. 그러다 중학교 2학년 때 빈 국립음대에 최연소로 입학 유학을 갔고, 언어조차 소통되지 않는 곳에서 각고의 노력과 열정 끝에 당당히 최우수 학생으로 졸업을 했고 지금도 빈에서 음악활동을 계속하고 있다고 한다. 그는 지금의 자신을 있게 한, 두

분에게 고마움을 전했는데 한 분은 빈에서 그를 지도해준 지도교수님이고, 다른 한 분은 그 옛날 레코드 가게를 하시던 분인데 지금 그분의 연락처를 몰라 안타까워하고 있다고 했다.

이제 곧 중학교도 겨울방학에 들어간다. 하나밖에 없는 딸아이의 성적표가 궁금해 며칠 전 저녁밥을 먹다가 성적표가 언제 나오느냐고 물었다. 그런데 딸아이의 대답이 걸작이다. "아빠 성적표 기대하지 마세요! 1학년 때는 잘했는데 2학년은 제가 생각해도 실망스러울 것 같아요."라고 한다. 중학교 전 학년을 모두 다 잘할 수는 없으니 미리 실망하고 체념 말고 3학년에 더 열심히 하라고 격려해 준다.

어느덧 오십대다. 그동안 최선을 다하고 열심히 살아왔다고 나름대로 자위를 하곤 했지만 근래에 불황이 닥쳐와 하고 있는 일이 무척이나 어렵다. 이래저래 심란한 마음에 새롭게 용기라도 북돋을까

싶어 기억의 창고 서랍장에서 중학교 학창시절 성적표를 꺼내본다. 수, 우, 미, 양, 가로 매겨지던 30여 년도 더 지난 성적표이다. 상대적 평가치가 아닌 절대적 평가치라 일정의 점수를 잘 받으면 성적은 올라가게 마련이다. 그런데 나의 통지표 여러 과목 중 유독 '도덕' 한 과목만 낙제점인 '양'이 기록되어 있다.

가장 쉬운 과목이리 시험성적이 대체적으로 좋게 나오는 과목이다. 웬만해선 낙제점이 없는 과목인데도 불구하고 시험성적은 기대치 이하다. 중학교 1학년 때 도덕과 국사를 가르치시던 선생님에게 악의 없이 던진 말 한마디로 인해 시험성적과 관계없이 1·2·3학년 내내 도덕 점수는 '양'을 받았다.

체벌體罰이란 신체에 직접적으로 고통을 줌으로써 벌을 행하는 행위를 말한다. 특히 최근에는 교사나 부모가 학생에게 행하는 벌을 뜻하는 말로 많이 쓰인다. 체벌이 정도를 지나치면 가해자가 처벌을 받는 경우도 있다. 그러나 넓은 뜻으로 보면 때리지 않고 정신적 고통을 주는 것도 체벌이고 역으로 잘못을 용서하고 이해하며 감싸 안는 것도 체벌일 수 있다.

교육을 한다는 명목으로 행하여지는 체벌은 당하는 당사자의 입장에서는 정신적 육체적 상처를 받을 수 있다. 그래서 체벌 자체를 심각한 인권 침해 행위로 규정하여야 한다는 의견이 존재한다. 대부분의 유럽 국가에서는 학생에 대하여 가정에서만 체벌을 허용하거나 아예 체벌을 금지하기도 한다.

아직은 미완성인 인격체의 학생이 저지르는 행동이나 말 한마디를 어른들의 생각과 주관으로 쉽게 판단하고 재단해서는 안 된다. 그리고 거기에 너무 민감하게 개인적 사감과 섣부른 판단으로 대응한다면 돌이킬 수 없는 결과를 초래할 수도 있다.

강산을 세 번이나 바뀌게 한다는 30여 년이 흐른 지금도 난 아직도 그분의 성함을 잊지 못한다. 중학교 시절 담임을 맡았고 웅변을 가르쳐 주기도 했지만 그분은 내게 평생 치유할 수 없는 큰 대못을 나의 가슴에 깊이 박아버렸기 때문이다. 살아생전 꼭 한 번쯤 다시 뵐 수 있다면 나는 그분에게 어떤 행동을 할까. 한 번의 실수치고는 너무나 가혹한 체벌을 받았다는 생각이 나서인지 마음의 상처는 영원히 나아지지 않을 것이다.

5.

작품 평

지홍석의 수필 〈버려진 꽃바구니〉는
돌아가신 아버지에 대한 그리움과 회한을 담고 있는 글이다.
제목의 상징성이 매우 뛰어난 이 수필은
현대사회에서 노인 부양의 문제에 대해서
다시 한 번 생각하게 만든다.

작품과 작법

― 〈단풍, 우울에 빠지다〉

이관희

문학평론가, 창작문예수필 발행인

이 작품을 분석하기 위해서는 두 가지 점에 주목해야 될 것 같다. 첫째는 제목을 〈난풍, 우울에 빠지다〉라고 잡은 의도가 무엇일까 파악하는 일이고, 두 번째는 문학적 이야기 만들기의 구조에 관해서다.

이 작품의 계절적 배경은 가을이다. 그러므로 〈단풍, 우울에 빠지다〉라고 제목을 잡은 것은 자연스럽다. 그러나 정작 작품을 읽기 시작한 독자는 작품 내용이 자연의 가을에 관한 이야기가 아니라는 사실을 발견하게 된다. 그리고 작품을 다 읽고 난 후에야 왜 작가가 이 작품의 제목을 〈단풍, 우울에 빠지다〉라고 잡게 되었는지 그 이

유를 파악하게 된다. 이 작품이 형상화하고 있는 '우울에 빠진 단풍'
은 자연의 가을 풍경이 아닌 우리가 살아가고 있는 이 시대의 우울
한 자화상이었던 것이다.

두 번째 작품의 구조에 관해서 주목할 점은 사건들의 배열이다.
이 작품에는 크게 나누면 두 가지 사건이 있다고 할 수 있으나 작품
구성에 영향을 줄 수 있는 사건들로 세분하면 다섯 가지 사건들로
나눌 수 있다. ① 가을이 절정에 이르고 있다는 것, ② 친우의 갑작
스런 부고 문자 메시지, ③ 그 친우가 자다가 급사한 것이 아니고
자살하였다는 사실이 밝혀짐, ④ 그 소식을 전해 주는 산악회 원로
의 전화. ⑤ 자살자가 속출하고 있는 우울한 세태에 관한 수필화자
의 변.

플롯이란 사건들의 창조적 배열을 의미한다는 것이 아리스토텔
레스의 〈시학〉 이래 지금까지 변함없는 구성법의 기초다. 이달의
작품 비평은 '무엇이든지 시화詩化·이야기(story)화하면 창작이 된
다'는 개념에 맞추어 보고 있다. 이 작품의 경우 어떻게 하면 문학
적 이야기 만들기가 될 수 있겠느냐가 원고지를 앞에 두고 있는 작
가의 숙제였을 것이다. 그 구체적인 방법이 사건들을 어떻게 배열
하느냐인 것이다. 이 작품에서 작가가 선택한 사건들의 배열, 즉
작품 구성은 ①②③④⑤번을 시간 순서대로 배열한 것이다. 시간
적 순서에 의한 구성도 구성법의 하나인 것은 틀림없다. 이 작품의
경우 오히려 시간적 순서에 의한 구성법이 작품의 효과를 높여주
고 있다고 할 수도 있다. 자연사 한 줄 알고 문상을 갔다 온 것이

한 달 전의 일이었는데 자연사가 아닌 자살이었다는 사실을 알게 되므로 작품의 주제가 되는 우울한 세태를 더 절실하게 실감할 수 있기 때문이다.

그러나 창작문예수필의 초창기인 지금 창작문예수필이란 무엇이며 어떻게 작품을 만드는 것인가에 관해서 공부를 하고 있는 입장에서는 시간적 순서를 깨트리는 구성법을 실험해 보는 것도 좋은 시도가 될 것이다. 예를 들면 ①④③②⑤의 순서로 시간적 순서를 깨트리는 구성을 해 본다면 똑같은 소재에서 전혀 다른 모양의 작품이 태어나는 모습을 발견하게 될 것이다.

≪창작문예수필≫-작품과 작법-2012년 봄

작품과 작법

– 〈도마 위의 여자〉

이관희
문학평론가, 창작문예수필 발행인

마마보이란 어디서 무엇을 하든지 엄마를 앞세워야 행동할 수 있는 사람을 말한다. 그러니까 사람들이 그를 만나고자 할 때는 언제나 보이지 않는 그의 엄마를 통해야 그에게 접근할 수 있다.

만약에 같은 일이 예술작품에서도 일어나고 있다면 어떻게 될까? 한참 신나는 장면이 전개되고 있는데 감독이 중간 중간에 등장하여 이 장면은 이렇고 저 장면은 저렇다고 해설을 하려든다면 관객들이 어떻게 될까?

예술작품의 객관성이란 독립성을 의미한다. 작곡가가 해설해 주지 않아도 청중 자신이 듣고 감동할 수 있는 작품으로서의 독립성을 획득해야 된다는 것이 작품의 객관성이다. 그렇기 때문에 현대문학은 작품을 하나의 존재론적 대상으로 논하게 된 것이다.

에세이는 사실의 소재 자체를 작품의 제재로 삼는 양식의 문학이라는 것이 시, 소설과 구별되는 에세이만의 특성이다. 그렇다고 해서 몽테뉴가 객관성이 결여된 작품을 썼는가? 그래서 지금도 그의 작품을 읽을 때마다 보이지 않는 그가 등장하여 마마보이의 엄마노릇을 하고 있는가? 아니다. 그런데 왜 대한민국의 기존의 수필이라는 글들은 하나같이 객관성을 획득하지 못한, 작가의 입냄새가 풀풀 풍기는 마마보이의 엄마 같은 글들이 절대다수인가? 그 이유는 필자가 수없이 되풀이 말하고 있는 대로 수필가들이 전혀 문학공부를 하지 않은 상태에서 상식적인 글쓰기(작문)를 하여 왔기 때문이고, 그렇게 된 근본 이유는 수필문학이론이 없었기 때문이고, 수필문학이론이 없을 수밖에 없게 된 원인은 '붓 가는 대로' 때문이었던 것이다. '붓 가는 대로'라는 개념에서 무슨 창조적 이론이 나올 수 있단 말인가?

지홍석의 〈도마 위의 여자〉에 관한 작법을 말함에 있어서 민지작품의 객관성론부터 말한 까닭은 이 작품이 눈에 띄게 마마보이를 떨쳐내고 하나의 작품으로 존재론적인 독립성을 획득하고 있기 때문이다.

이 작품은 영화 속 한 장면인 도마 위의 여자를 작품의 주제인 수필문학도의 수필에 대한 고민을 형상화하기 위한 보조관념 소재로 채택하고 있는 작품이다. 따라서 이 작품의 창작양식은 창작에 세이의 기본창작법인 '소재에 대한 비유창작 + 서사구성법'의 작품으로 보는 것이 맞을 것이다. 그럼에도 이 작품을 서사구성법의 작품으로 비평하고자 하는 까닭은 이 작품이 보여주고 있는 작법이 서사구성법 쪽으로 기울도록 강력한 인상을 주고 있기 때문이다.

기존의 수필이 지난 1세기 동안 결정적으로 놓쳐왔고 지금도 수없이 많은 수필작품들이 범하고 있는 문학적 결손이 바로 문학적 구성법이다. 그러므로 창작에세이 작법에서 구성법의 강조는 아무리 강조해도 모자란다.

문예창작법의 기본법은 구성법에 있다. 그것이 시 창작이건 소설이나 희곡창작은 물론 에세이 창작도 예외일 수 없다. 그러나 수필가들처럼 구성법을 거지깡통 취급하듯 하는 사람들이 또 있을까. 하긴 '붓 가는 대로' 쓰면 됐지 무슨 구성법이 필요하냐는 것이 대한민국 수필의 대부라는 피천득의 수필론이었으니 그의 충실한 제자들인 수필가들이 그럴 수밖에 없지 않았겠느냐? 그러나 아리스토텔레스는 이렇게 말하고 있다.

"호메로스는 플롯을 만들었기 때문에 시인이고, 엠페도클레스는 그 철학사상을 단지 운문으로 서술한 까닭에 시인이 될 수 없다"([문학이론의 역사적 전개] 이상섭 23쪽)

필자는 피천득과 지난 1세기 수필계의 수필론 서술자들이 얼마나 아리스토텔레스보다 뛰어난 문예창작론을 창안하였기에 '붓 가는 대로'를 주창하여왔는지 알 수 없지만 필자는 아리스토텔레스가 쌓아 올린 문학적 업적이 태산처럼 높아 보여서 그의 가르침의 일부나마 충실히 따르고자 할 뿐이다. 구성하지 않은 문학은 문학이 아니다. 〈도마 위의 여자〉는 구성법의 문학적 효과를 여실하게 보여주고 있는 작품이다.

이 작품은 두 개의 소재로 구성되어 있는 작품이다. 시간적으로 영화의 장면이 앞선 소재이고, 지인들과 갔던 횟집이야기가 그 뒤를 따른다. 그러나 시간적 순서와는 관계없이 지인들과 갔던 횟집 이야기를 원관념 소재로 보고, 영화 속 장면 이야기를 보조관념 소재로 보는 것이 맞을 것이다. 왜냐하면 원관념이란 항상 무엇이 되고 싶어 하고, 보조 관념은 그 같은 원관념의 소원을 들어주어 무엇인가 다른 것으로 태어날 수 있게 해 주거나 혹은 계기가 되어주는 역할을 하기 때문이다.

이 작품에서 무엇인가 다른 것이 되고 싶어 하는 것은 횟집 도마 위의 생선이다. 그 도마 위의 생선으로 하여금 다른 무엇인가로 새롭게 변신하여 태어나게 하는 중간역할을 해 주고 있는 것이 영화 속 장면인 것이다.

그렇다면 이 작품 속 횟집 도마 위의 생선은 무엇이 되고 싶어 하는가? 도마 위의 죽은 생선이 무엇이 되고 싶어 할 리가 없다. 그것은 작품의 주제를 상징할 따름이다. 이 작품의 주제는 도마 위 생선이 요리사에 의해서 각가지 요리로 태어나듯 수필화자의 문학도 각가지 새로운 문학세계를 펼치게 되기를 바라는 수필문학에 대한 창조적 염원이다.

수필문학에 대한 고뇌는 형체가 없는 관념이다. 관념이나 정서에 구체적인 형체를 입혀서 드러나게 하는 작업이 형상화이고, 그 같은 작업 전체를 가리켜 창작 작업이라고 한다.

이 작품의 구성법은 영화 속 특정장면을 독자들 앞에 펼쳐 보여 주는 것이다. 객관적 서술법으로 전개되고 있는 그 장면이 너무나 강렬한 인상으로 다가와서 전체 작품 분위기를 조성해 주고 있다는 것이 이 작품 구성법의 뛰어난 작법이다. 만약에 영화 속 장면을 서 두 전면에 배열하지 않고, 어느 날 지인들과 갔던 횟집 이야기를 서 두로 잡은 후 영화 속 이야기를 중간에 배열하였다면 강렬한 인상 은 맥이 빠져 버리고 말았을 것이다. 그러나 작품 서두에서 영화 속 장면이 강렬하게 인상에 박힌 독자들은 일상적 생활의 한 단면에 지나지 않는 횟집 도마 위 생선 이야기도 영화 속 장면에서 받은 강렬한 인상의 관성에 의해서 긴장감을 가지고 읽게 된다. 즉 횟집 도마 위의 생선은 그냥 생선이 아닌 영화 속 도마 위의 강렬한 섹스 신이 오버랩 되고 있기 때문인 것이다. 이것이 이 작품이 보여주고 있는 서사구성법의 강렬한 효과다.

원고지 불과 10매 안팎의 문예작품 구성을 통해서 어떻게 소설 작품이 보여주고 있는 강렬한 구성법의 작품을 만들어 낼 수 있겠 느냐는 숙제는 모든 창작에세이 작가들의 영원한 작법상의 고민일 것이다. 그 방법 중 하나가 어떤 영화 속 특정 장면 삽입법이 될 수 있다는 사실을 이 작품은 실제 작품구성을 통해서 보여주고 있다.

성행위는 생산을 전제로 한다. 설사 그것이 불륜관계라 할지라도 최소한 '새로운 인간관계'는 낳게 된다는 것이 성행위의 속성이다. 작품 속 수필화자는 도마 위의 생선이 요리로 태어나듯 수필문학을 통해서 새로운 인생으로 태어날 수 있는 길이 무엇일까 고민한다. 그 같은 고민을 형상화하기 위해서 영화 속 성행위 장면을 삽입하기로 한 것은 적절한 소재 선택이라고 할 수 있다. 영화 속 성행위가 도마 위에서 이루어지고 있다는 점과 횟집 도마 위의 생선이 요리로 태어나는, 도마와 생산이라는 동질성을 통해서 은유가 만들어질 가능성을 획득하게 되어 수필과 도마 위의 여자 사이에 창조적 생산이라는 은유가 성립되고 있기 때문이다. 이렇게 볼 때 이 작품은 효과적인 서사구성법 위에 플러스 비유창작까지 하고 있는 고급 구성법의 작품이라고 할 수 있다.

≪창작문예수필≫ - 작품과 작법9 - 2013 신년호

100세 시대의 수필문학, 무엇을 쓸 것인가
- 〈버려진 꽃바구니〉

송 명 희
부경대 교수, 문학평론가

지홍석의 수필 〈버려진 꽃바구니〉는 돌아가신 아버지에 대한 그리움과 회한을 담고 있는 글이다. 제목의 상징성이 매우 뛰어난 이 수필은 현대사회에서 노인 부양의 문제에 대해서 다시 한 번 생각하게 만든다. 그는 아버지를 생각할 때에 "생각하는 것만으로도 가슴 한쪽이 아리다. 그동안 잠시 잊었다는 사실 하나만으로도 마치 큰 죄를 지은 기분"이 든다고 적고 있다. 작가의 아버지는 외동아들로 태어나서 젊어서는 머슴 둘을 데리고 농사를 지을 만큼 풍족한 삶을 사셨건만 말년에는 "수많은 전답이 다른 사람의 명의로 바뀌고, 환갑이 넘은 나이에 처음으로 밭을 일구고 논에 손을 담그는 등 농사를 지어야만 했다." 그뿐만이 아니다. 여러 차례 상처하고 재혼을 하는 불행을 겪었다. 세 번째 어머니마저 돌아가시게 되자 의지할 곳이 없어진 아버지는 이곳저곳 자식들의 집을 전전하다가 버려진 꽃바구니 같은 신세가 되어 세상을 떠나셨다.

작가는 이른 아침에 출근해 밤늦게 퇴근하는 형편에다 결혼도 하지 않아 아버지를 돌봐줄 아내마저 없었기에 부득이 아버지를 형님 댁으로 가시게 했던 것이다, 대신 대학교도 포기하고 십여 년이 넘도록 직장생활을 하며 부모님을 모셨던 자신 몫의 전답을 형님에게 주어야만 했다. 그런데도 머지않아 아버지는 형의 집을 나와 첫째 딸과 둘째 딸 집을 전전하다 돌아가셨다. 회한에 휩싸인 작가는 그러한 아버지의 신세를 버려진 꽃바구니로 비유한다.

이른 아침, 등산을 떠나기 위해 아파트 현관문을 나선다. 부지런한 관리실 아저씨가 벌써부터 청소를 하느라 분주하다. 그런데 음식물 쓰레기와 재활용품을 버리는 통 위에 못 보던 꽃바구니 하나가 버려져 있다. 내용물 대신, 누군가가 골판지를 찢어 싸인 매직 펜으로 글씨를 써놓았다.

"야! 이놈아 너도 참 불쌍하구나. 너는 커다란 기쁨을 주었는데 그들은 너를 야밤에 개차반처럼 버렸구나!"

아파트 주민 누군가가 재활용 용품이 아닌데도 쓰레기봉투에 넣지 않고 그냥 몰래 버렸던 모양이다. 마음이 상한 경비 아저씨가 무언의 항의로 위트와 유머가 섞인 글을 일부러 적은 것이다. 그런데 갑자기 버려진 꽃바구니와 글씨가 쓰여진 골판지에 왠지 가슴이 먹먹해진다.
- 지홍석의 〈버려진 꽃바구니〉에서

왜 버려진 꽃바구니에 아버지가 비유되었을까? 그것은 "당신의 모든 것을 다 들어내 주고서는 자식들에게마저 버려지는" 신세가 되었기 때문이다. 마치 아파트의 쓰레기장에 함부로 버려진 꽃바구니처럼……. 꽃바구니든 뭐든 필요가 없어지면 당장 내다버리는 세태는 부모 자식의 관계에서도 다르지 않다는 자조 섞인 한탄이 '버려진 꽃바구니'라는 함축적 표현에 절절히 담겨 있다.

아무리 작가 자신이 아버지를 모실 수 있는 형편이 안 되었다고는 하나 그 자신도 결코 면죄부를 받을 수는 없었기에 그의 회한은 깊을 수밖에 없다. 경비 아저씨가 분리수거를 하지 않고 꽃바구니를 내다버린 주민을 향해 하고 싶은 말을 "야! 이놈아 너도 참 불쌍하구나. 너는 커다란 기쁨을 주었는데 그들은 너를 야밤에 개차반처럼 버렸구나!"라고 골판지에 적어 놓았던 질책이 마치 자신에게 쏟아진 듯 가슴이 아린 것이다. 아버지가 그의 집을 찾아와 만나지 못하고 돌아가시면서 마지막으로 남긴 글 역시 찢어진 골판지에 적혀 있었다. 버리려고 집어든 골판지에서 뒤늦게 아버지를 필체를 발견하고 눈앞이 흐려졌었는데, 며칠 뒤 아버지는 영영 세상을 떠나버리신 것이다.

누군가의 도움이 없이는 홀로 살아가기 어려워진 100세 시대의 노인들을 이런저런 사정으로 자식들이 직접 돌볼 수 있는 여건이 안 되는 경우가 많아지고 있다. 그동안 노인들을 돌봐온 여성들의 절반이 직업을 가지는 여성취업시대의 도래가 가장 큰 이유가 될 것이다. 노인들을 누가 돌봐야 할 것인가는 이제 개인적 문제가 아니라 사회적 문제임에 분명하다. 이곳저곳을 전전해야 하는 노인들의 신세도 처량하지만 부모를 직접 모실 형편이 안 되는 자식들의 마음도 결코 편치는 않을 것이다. 직접 모실 수 없는 부모님을 마음 놓고 의탁할 수 있는 다양한 시설들이 우리 가까이에 보다 많이 있어야 한다.

≪수필과비평≫, 〈다시 읽는 이달의 문제작〉 2013년 11월

수필의 가치는 인간적 향내

— 〈다산의 18, 그리고 나의〉

이종열
수필가

　이달의 ≪수필과비평≫(통권 138호)에 실린 지홍석의 〈다산의 18, 그리고 나의〉는 주목할 만한 수필이었다. 작가는 언제 부턴가 다산의 생애와 문헌을 살피다가 '18'이란 숫자에 관심을 가지게 되었고, 이번에도 봄이면 놓치고 싶지 않은 강진을 여행하며 백련사 동백 숲을 보고 다산초당에 들러 다산 정약용을 생각했다. 작가가 밤늦게 귀가해서 마음이 불편했는데 늦은 이유는 바로 정체된 고속도로 때문이었다.

언제부턴지 좋아하는 숫자가 하나 생겼다. 그러나 처음부터 마음에 들었던 것은 아니다. 어감이 좋지 않아 잘못 들으면 욕으로 들릴 수도 있어 입에 올리기가 조심스러워서다. 그러다 우연히 다산 정약용의 성장과정과 자취, 문헌을 살피다가 어느새 그 숫자가 저절로 입에 와 닿기 시작했다. 바로 '18'이란 숫자다.

— 〈다산의 18, 그리고 나의〉 부분

수필에서 밝힌 다산과 숫자 '18'과의 인연으로, 다산은 1800년에 신유박해로 유배를 가게 되었고, 경상도 장기와 전라도 강진 등지에서 보낸 유배기간이 18년이었다. 다산이 유배에서 풀려난 해가 1818년이고, 다산의 제자 18명이 그를 돕기 위해 다신계茶信稧를 결성했으며, 유배에서 풀려나서 18년이 지난 1836년에 별세했으니 다산 정약용과 숫자 '18'과의 인연은 대단하다고 해박한 지식을 과시했다.

다산이 유배 중에 저술한 ≪목민심서≫는 그의 저서 가운데 으뜸이다. 그가 죽은 지 180년이 되어 가지만 아직도 후세에 귀감이 되고 있다. 그런데 작가가 보기에는 근래에 ≪목민심서≫의 내용과 배치되어 움직이는 공직기관이 있어 마음이 불편했다.

2011년에 '주말 고속도로 통행료 할증제'를 만들었는데, 이는 언뜻 보면 그럴듯하지만 실은 고속도로 교통체증을 해결하기보다 국민 호주머니를 열게 할 근시안적인 꼼수법안이라고 비판한다. 그리고 최고 지도자가 국무회의에서 "통행료 할증 때문에 잔돈 준비하느라 시간이 더 걸려 오히려 국민들에게 불편을 주는 게 아니겠느냐?"며 탁상행정을 질타했다는 얘기를 듣고, 작가는 비판의 끈을 놓지 않고 "정작 '주말 고속도로 통행료 할증제'가 왜 문제가 되는지 그 진단조차 정확히 하지 못하는 이 나라의 위정자들에게" 실망했다고 토로했다.

늦은 밤에 마음의 분노를 가라앉혀 볼 요량으로 인터넷을 접속해서 자신의 아이디(ID)를 적고 비밀번호를 입력했다. 비밀번호는 "***1818"

그리고는 분풀이하듯이 엔터(Enter)키를 친다. 세상을 향해 실컷 욕이라도 퍼붓고 싶었던 것일까. 18이란 숫자를 연거푸 두 번이나 쓰고 나니 묘한 카타르시스가 가슴속을 후련하게 한다. 원하는 사이트가 열리자 벌써 누군가가 백련사 동백꽃 사진을 올려놓았다.

다산초당 가는 길, 목이 잘려 떨어진 동백꽃들이 바닥에 흥건하다. 누구보다 백성을 사랑한 다산의 마음이 '누구보다 그대를 사랑합니다.'라는 동백꽃 말이 되어 땅에 떨어진 것인지도 모른다.

－〈다산의 18, 그리고 나의〉 부분

≪한국산문≫, Vol86, 2013년 6월, 이달의 수필월평

지홍석 수필집

도마 위의 여자

인쇄 2014년 04월 02일
발행 2014년 04월 10일

지은이 지홍석
발행인 서정환
펴낸곳 수필과비평사
주소 서울시 종로구 삼일대로 32길 36(익선동 30-6 운현신화타워 빌딩) 301호
전화 (02) 3675-5633, (063) 275-4000 · 0484
팩스 (063) 274-3131
이메일 sina321@hanmail.net   essay321@hanmail.net
출판등록 제300-2013-133호
인쇄 · 제본 신아출판사

ISBN 979-11-951582-7-0   03810
값 13,000원

이 도서의 국립중앙도서관 출판시도서목록(CIP)은 서지정보유통지원시스템 홈페이지
(http://seoji.nl.go.kr)와 국가자료공동목록시스템(http://www.nl.go.kr/kolisnet)
에서 이용하실 수 있습니다.(CIP제어번호: CIP2014010579)

Printed in KOREA

대구문화재단   한국문화예술위원회

※ 본 서적은 2014년 대구문화재단, 문화예술진흥사업 지원으로 출간되었습니다.